危険なマイダーリン♡

Story by YUKI HYUUGA
日向唯稀
Cover Illustration by MAYU KASUMI
香住真由

カバー・本文イラスト　香住真由

CONTENTS

〝三日間だけ、僕の恋人になってください！〟

こんなことを見ず知らずの人に頼める勇気、後にも先にもこれっきりだろうな。
だから、もし最初の人に声をかけて断られてしまったら。
きっと僕は、そこでくじけてしまう。
また次の人を探して、声をかけ直すなんてことはできない。
だから、これは一度きりの勝負。
必ず〝いいよ〟と言ってくれる男性《ひと》を、見つけださなきゃいけない。
僕の無理難題に対して、遊び心で。
バイト感覚で。
なにも考えずに。
いいよ――――って、簡単に言ってくれそうな男性を。

僕は、そんなことを思いながらここ数日、学校帰りに渋谷《しぶや》や原宿《はらじゅく》、新宿《しんじゅく》や代々木《よよぎ》といったところを歩き回っていた。

今日も、休日なのをいいことに、昼から渋谷の街をずっと歩いている。

『条件きつすぎるのかな。そんなに都合よくなんて、現れないのかな』

でも、どれほど歩き回っても。

辺りを見回しても。

僕が探しているような男性は、見つけることができなかった。

『やっぱり、こんな計画…馬鹿げてたのかな。他になんか方法考えろって、ことなのかな？』

歩き疲れて、辺りも暗くなってきて、さすがにもう諦《あきら》めようかな…って、挫折《ざせつ》しかけた。

重々しい足が、自然に駅へと向かう。

けど、そんな瞬間《とき》だった。

『――――――うそっ！』

僕の視界に、突然一人の男性が飛びこんできた。

『いたよ、いた！』

薄暗くなった街の中に、まるでたった一つ点《とも》った明かりのように。

人込みも景色も霞《かす》ませて。

僕の視界に、彼の姿だけが綺麗《きれい》に浮かび上がった。

『長身で、芸能人バリのイケ面《めん》で、ちょっと強面《こわもて》だけど二十歳前後ぐらいで、〝いかにも遊び慣れてそうな〟男！』

僕は、彼が駅からスクランブル交差点を渡りきる場所を目測すると、足早にその場所へと移動した。

『いいか菜月《なつき》、こんなに条件に見合う男性なんて…きっともう現れないんだから。この人にいいよって言ってもらえるように、説得するんだぞ!』

僕は自分で自分に言い聞かせながら、彼が信号を渡りきったところで声をかける。

「――あの! すみません!」

「――!?」

呼び止められると、彼はふと立ち止まり、辺りをキョロキョロと見渡した。

でも、彼は僕より〝頭一個分以上〟背が高い上に、至近距離だったもんだから、視界には入らなかったみたいで……。

「すみません僕ですっ! あの、突然で申し訳ないんですけど!」

僕は、ちょっと強引な気はしたけど、彼の腕に手を伸ばしてもう一度声をかけた。

「――!」

気づいた。

強い視線を放ちながらも、彼は怪訝《けげん》そうな顔を僕に向けた。

間近に見ると、迫力がある。

カッコイイ人…とは思ったけど、なんか次元が違うような凄《すご》さがある。

僕は、目が合うとぼんやりと見とれてしまい、しばらく言葉が出なかった。

「…………なに？　俺になんのよう？」

すると、彼は少しうっとうしそうに僕を見ながら、用件を尋《たず》ねてきた。

僕は、ハッとすると掴《つか》まえた腕を放し、

「お願いします！　三日間だけでいいです！　僕の恋人になってくださいっ！」

用件を伝えると深く頭を下げた。

「――――――あ？」

なに言ってんだお前？　みたいな声が返ってくる。

「無茶苦茶《むちゃくちゃ》なこと頼んでるのはわかってるんです！　でも、どうしても…あなたに頼むしかなくって……。そんなに払えないけど、お金払います三日分！　だから、アルバイトだと思って僕の恋人になってください！」

「――――金を払うだ？　アルバイトだ？」

今度は、正気かコラ!?　って感じの怖いトーン。

でも、でも！

「はい！　お願いします！」

頼めるのは〝この男性しかいない！〟って思って、僕は頭を下げ続けた。

1

ことの始まりが、いつ頃のどの辺りにあったのかなんて、実際はよくわからないんだ。

ただ、気が付いたら〝一つの心〟が傾いて、僕から離れ去ってしまってて。

よりによって〝僕の大事な人〟のもとへと、いってしまってた。

世間には、結構転がってる〝痴情《ちじょう》の縺《もつ》れ〟って言うのかさ。

うん……早い話、それだけのことなんだよ。

ただ……縺れた糸がうまく解《ほど》けなくって。

じゃあって、ばっさりと切るわけにもいかなくって。

その縺れをうまく解くために、僕はこんなことを思い立って行動してるだけなんだけど。


「初めまして。僕、朝倉《あさくら》菜月《なつき》っていいます。一応…高校一年です。お忙しそうなところ、お時間をいただきまして、ありがとうございました。恐縮ですっ」

「………ご丁寧《ていねい》なご挨拶《あいさつ》どうも。俺は早乙女《さおとめ》英二《えいじ》っていいます。一応大学四年やってます…って、いいんだよそんな口上《こうじょう》は！　用件をダイレクトに、わかりやすく言えよ！　あんな街中でいきなり訳のわかんねぇナンパしやがって！　俺がどんな目で世間から見られたと思ってんだオメェはよ！」

お怒りはごもっともです。

世間はとっても笑いました。

とっても変な目で見ました。

「ごめんなさいっ!!」

でも僕は、怒りながらもその場で〝僕の無謀なお願い〟を断らなかった（……というより、びっくりしすぎて断るタイミングを外《はず》したらしい）早乙女英二さんに、詳しい話をするため、一緒に近くの茶店へと入ってもらった。

「本当に、すいません。あの…でも用件の中身はいたって単純なんです。三日間だけでいいんです。それも、一日数時間とか、多くても半日ぐらいの時間で。その間、僕の恋人のふりをしてくださればそれで終わりです。お礼はこれしか出せないんですけど、どうか…アルバイトをするぐらいの気持ちでお願いできませんでしょうか？」

僕は、かしこまりながらもそう言うと、お金の入った封筒を財布《さいふ》の中から取り出した。

そして、それをテーブルの上を滑らせるようにして、彼の前へ差し出す。

彼はその封筒を見ると、あからさまなぐらい、眉間《みけん》に皺《しわ》を寄せた。

「あん？　で、いくら入ってるんだよ。ガキの分際《ぶんざい》でこの俺様を三日間も買おうなんて…」

ああ…やっぱり怒ってる。

「………ろっ…六万円です。一応…一日二万円計算で。目茶苦茶《めちゃくちゃ》なお願いだし、本当はもっとよこせって言われても仕方がないと思うんですけど………これが僕にできる精一杯なんで」

とはいえ、僕もこんなことを恐縮しながら言ってるけど、内心では〝どうして僕が赤の他人にお金を払ってまで、こんなお願いしなきゃならないんだよ！〟って気持ちは、凄くあった。

ただ。

そんなことより、こんなことを頼んでる恥ずかしさより。

大事に貯《た》めていたお金より。

今は、数倍もある〝悲しさ〟や〝切なさ〟を、どうにかしたい気持ちのほうが勝《まさ》っていただけで。

「日当二万で六万ねぇ。高校生にしちゃ大金だよな。お前、金持ちのボンボンそうにはみえねぇけど、この金どうしたんだよ。ホモオヤジと援交でもして稼《かせ》いだのか？」

「――――――!!」

こんなこと頼んでるんだから、そんなふうに言われても仕方がないかもしれない。

けど、彼の一言は、刃物みたいに僕の心臓の奥まで突き刺《さ》さってきた。

「……………それは、僕のおこづかいを貯めた物です。そんなこと…してません」

僕は、ちょっと俯《うつむ》くとムッとした声で答えてた。

『誰がホモオヤジと援助交際なんかするか！』

そうだよ。

だって、それは学校帰りにスーパーでアルバイトして、一生懸命貯めたお金なんだ。先輩と、大好きだった直《なお》先輩と、夏休みに旅行に行きたくって。綺麗な海のある場所に、一泊だけでもいいから行きたくって。

一生懸命貯めてたお金なんだ！

「ふーん…こづかい貯めてね。で、こづかい貯めた金で俺を買って、その三日間で何やらかそうっていうんだよ。金に興味はねぇけど、話が面白ければ付き合ってやってもいいぜ」

「…………何をって…別に、何かするわけじゃありません！」

「話が通らねぇな。お前がもし〝女の子ちゃん〟だっていうなら、金なんかもらわなくても〝この話〟引き受けてやるよ。けどな、仮にも俺が〝男〟のお前の恋人役をやるってことは、ホモのぬれぎぬを着ることになるんだぜ。誰かに見られて誤解されたら、俺のその後をどうしてくれるんだよ。せめて、申し開きするときに使える事情なり理由なり、言い訳できる話ぐらい提供しろよ」

「…………」

僕は、彼のもっともな突っこみに答えられなくて、俯いたまま顔を上げることができなかった。

「訳は言えませんってか？　可愛い顔して、なーに企《たくら》んでるんだか。今どきの高校生は怖いね～」

「あなたに…何を言われても、思われてもかまいません。もしお知り合いの方に見られたとして、あとから釈明のために、僕をどんなふうに言ってもいいです。だから、お願いします」

下げられる限り、頭を下げることしかできなかった。

「……ほ～、何を言われても、何を思われても構いません…ね」

彼は、呆れたように僕の言葉を繰り返すと、封筒を僕のほうに滑らしてきて………。

「なら取りあえず、これは返すぜ。ガキのこづかいに興味はねぇから」

って言った。

その上、席を立たれそうになって、僕は慌《あわ》てて彼を引き止めた。

「待って！　だから、お願いですから引き受けてくださいっ！　僕あなたが引き受けてくれないと困るんです！」

ここで断られたら、もうこんなこと誰にも頼めない。

彼以上に〝条件〟を満たせる男なんか、きっと僕には現れない！

僕は、縋《すが》るように彼の腕を掴んだ。

「だから、なんで俺じゃなきゃ困んだよ。その、訳のわかんねぇお願いの説明はできなくっても、どうして俺に声をかけたか、なんでこの人込み中でよりによって俺を選んだか、その理由ぐらいは言えんだろう？」

「――――――――――それはっ」

それは、それは………それは。

「まさか俺がホモに見えたから、なんてふざけたこと言うんじゃねぇだろうな、ガキ！」

「いっ…いえ！　それは違いますっ！　あなたがカッコよくって、素敵な人だったから声かけましたっ!!」

そう。

少なくとも、どんなに贔屓目《ひいきめ》が入ってても。

この恋人の条件は、直先輩とは違う意味でカッコよくって、素敵な人じゃなくっちゃならなかったんだ。

そういう人じゃなきゃ……話にもならないから。

だから、なかなか見つからなくって、大変だったんだ。

それぐらい直先輩は優しくってカッコよくって、紳士で。

………なんて、説明まではできないけどさ。

「ほー。そりゃありがとよ。で？　カッコよくて素敵で、そのあとは？」

「え？　だから、きっといっぱいモテて。女の人もっていうか、彼女もたくさんいるだろうな～って思ったから」

あ、しまった！

つい、いらないことまで言わされちゃった。

これじゃ〝ナンパな奴に見えたから〟って、言わんばかりじゃん。

「そりゃ初見《しょけん》の分際で、随分《ずいぶん》俺を理解してくれたな。おかげさまで、確かに生まれてこの方、女とセックスには不自由してねぇよ」

あ、でも本当のこと言われたぐらいじゃ怒らない。

それどころか自慢気《げ》にしてる。

『よかった♡　やっぱホンモノのナンパさんは違うや』

「でしょ♡　だからお願いしようと思ったんです！　まかり間違ってもそういう趣味ないだろうし、僕にも興味なんか持たないと思って♡」

僕は、すっかり油断しちゃってさらにベラベラしゃべっちゃった。

けど……それは、やっぱり〝けど〟だった。

「ふーん。ってことはあれか。早い話、お前にとって俺が〝あとくされねぇ男〟で〝超ナンパな男〟に見えた。しかも〝はした金で動くだろう〟と思って、こんな馬鹿なお願いをしたってか。ふざけんじゃねぇ！　失礼も大概《たいがい》にしろよこのガキゃ！」

ひーっつっつ！　やっぱりカッコよかったからって理由だけでやめておけばよかった!!

完全に怒らせちゃったよっ！

「おめぇみてぇなガキがいるから、世の中狂ってくんだよ！　ったくなにが〝まかり間違っても〟だ！　少しぐらい面《つら》が可愛いと思って、誰でも自分にその気になるなんて思ってんじゃねぇぞ！自惚《うぬぼ》れんな！」

「――――――――!!」

彼の言葉は、本当に刃物みたいに僕の心にズサズサと刺さった。

もちろん、彼は僕のことなんか何も知らないんだから、言葉なんか選んじゃくれないだろうけど。けど、今の僕に〝自惚れんな！〟って言葉は……援助交際を誤解されたことより、数倍胸が詰まる言葉だった。

「…………」

僕は、怒っていいのか、悲しくなっていいのかわからなくって。

でも、彼が行きずりの知らない人だから、やっぱり怒りのほうが勝っちゃって。

「……わかりました。もう結構です。他を探します」

色男はテメェだけじゃねぇや！

本気でホモオヤジ探してやるっ！

これでもモテないほうじゃないんだからっ！

とか、マジに自棄《やけ》になっちゃった。

僕は彼の腕を放すと、憤慨したまま封筒と伝票を握り締めた。

『場所変えてやるっ!! もう新宿の二丁目に立ってやるっ！ こうなったらアルバイトなんか頼まないで、ホンモノをゲットしたほうが手っ取り早い！ どうせ僕だってホンモノなんだからっ！ 回りくどいこと考えないで――――！』

「……待てよ」

けど、そんな僕の腕を今度は彼が掴んできた。

「なんですか、放し………!!」

そして、彼は初めて僕にクスッって微笑んだんだ。

「！」

それは、ぐうの音《ね》も出ないぐらい、カッコイイ微笑だった。

唇を僅《わず》かに上げただけで、キザで、クールな感じがするけど。

僕の怒りも衝動さえも、吹き飛ばすぐらい。

グサグサと傷つけられた胸でさえ、キュンって躍《おど》り出すような。

そんな〝極上の笑顔〟だった。

「誰も、だから断るとは言ってねぇだろう」

しかも、こんなふうに言葉を続けられると、僕の中の期待は溢《あふ》れた。

「それじゃあ…引き受けてくれるんですか？」

「ああ。訳わかんねぇし、お前も失礼な奴だけどな。退屈してたから引き受けてやるよ」

しっかりとした返事をもらうと、よかった！　って、心から舞い上がって笑顔になった。

僕は、気持ちを落とされたり昇らされたり、まるで糸で操られる凧《たこ》みたいだ。

「ありがとうございますっ！」

でも、これ以上気が変わられたら困るから。

僕は握り締めた封筒を持ち直すと、彼のほうへと改めて差し出した。

「じゃあコレで」

「いらねぇよ。ガキから金なんかもらえっか。カツアゲみたいじゃねぇか」

けど、それはきっぱりと断られた。

『……え？　もしかして…ただで？』

タダでこんなこと引き受けてくれるの？

なんていい人なんだろう！

「ただし、金はいらねぇからさ。お前がナンパな俺に、どれだけ恋人になって欲しいのか、その必要性ってやつを体で示せよ」

「――――――――!!」

って思った瞬間、僕は彼の言葉に凍りついた。

まるで、液体窒素《ちっそ》のプールにでも突っこまれたみたいに、カチンカチンな僕。

『…………今…なんて言った？』

金はいらねぇ………体で示せよ!?

体で…体で…からだでぇぇっ!!

僕はあまりに急速に凍りついたから、きっと笑顔も崩れてないんだろうな。

自分ではよくわからないけど、頬《ほお》がヒクヒクしてる気がする。

「ナンパな俺にナンパしてきたんだ。こういう切り返しは覚悟の上だろう？」

「――――――」

「まぁ、だからって俺が〝男のお前〟には転ぶことはねぇけどな。ただ、こういうチャンスは無いだろうから。一度ぐらいホンモノの坊やと一戦交《まじ》えるのも、俺のナンパ人生の後学になっかな…ってとこだ。気軽にやろうぜ」

『…………気軽にって』

「そっちにしてみりゃ前払いになっちまうけど、どの道金をよこしてもそれは一緒だろう？　むしろ、金だけ持ち逃げされる危険性を考えたら、安いもんだろ？」

安いもん!?

僕の体のほうが。

この六万円より………。

「その代わり、俺はナンパだけど嘘はつかねぇ。前付けでもらったからには、お前の言うアルバイト契約は、見事に果たしてやるよ。お前の言う三日の間がどんなもんだかはしらねぇけど、希望どおりの恋人ってやつを演じてやる」

彼は、僕にはそんなこと、できっこねぇだろう……って、思って言ってるんだろうか？

それとも、こう言えば僕が諦めるって…思ってるんだろうか？

もしくは、まるっきり僕を〝そういう人間だ〟って、思ってるんだろうか？

六万円の価値もない、僕を――――。

『……まぁ……このさい、どう思われても関係ないだろうけどさ』

僕は、握り締めたお金と比較されたことで。

これほどの価値もないいんだって言われたことで。

なんか、怒るより情けなくなってきた。

「――――――――それでどおよ」

僕が選んだとはいえ。

僕から頼んだとはいえ。

彼から、そう評価されたことが情けなくって、悲しくって。

『直先輩っ!!』

僕は、無意識のうちに救いを求めて、〝直先輩〟って心の中で叫んでた。

『――――――――!』

でも、そんな先輩の笑顔が脳裏《のうり》に浮かぶと、逆にハッとして、われに返った。

『何言ってるんだよ、僕は。先輩の笑顔は……もう、僕のものじゃないのに』

もう…心の中でも、救いなんか求めちゃいけないのに。

『いっそ、何もかも忘れられるぐらい目茶苦茶なことになっちゃったほうが、楽になれるのかな?』

どうせ、これから新宿にオヤジをナンパしに行ったって、ここで彼と〝そういうこと〟になったって、結果にたいした違いなんかないし。

むしろ、あとくされのないことだけは保証してくれる彼のほうが、僕には都合がいいんだし。

好みのタイプではないけど、見た目だけは〝最高級の男〟だし。

『それに気軽にやっちゃえば、気持ちよくなっちゃえば。全部ふっきれるかもしれない』

先輩に、心変わりされちゃったことも、悲しさも。

心が変わった先が……僕と、心と肉体の全部を分けた〝弟〟だって切なさも。

みんなみんな、忘れられるかもしれないじゃん！

「――わかりました。じゃあ…それでお願いします」

僕は封筒を引っこめると、開き直って覚悟を決めて、もう一度彼にペコリと頭を下げた。

「商談成立な」

でも、じゃあこれから〝する〟んだよな…って思うと、ちょっとだけど…手が震えてきた。

僕はそれを押さえるために、それぞれ手にしていた封筒と伝票を合わせて、両手でギュッと握り締める。

「取りあえず場所を変えようぜ」

彼は、そんな僕の手に自分の手を伸ばすと、伝票だけをスッと抜き取った。

そして何食わぬ顔をしてスタスタと歩きレジへ……まずい！　勝手に清算してるっ!!

「ちょっ！　待って！」

僕は慌てて財布を出すと、自分の分は出そうとした。

けど、それは彼の手で止められて。

「馬鹿、年上に恥かかすんじゃねぇよ。それに俺達は、恋人なんだろう？　ん？」

「――――――――――!!」

ニッて、わざとらしく微笑まれた。

『さっきとは違う。意地悪だけど、男っぽくって妖しくって、目茶苦茶セクシーな笑顔っ!!』

「ほら、行くぞ」

その上店のドアまで開けられて………。

『………やっぱり、こいつナンパだ。扱い方が…目茶苦茶慣れてる』

僕は、恥ずかしさに顔を熱くしながら、肩を抱かれて店を出た。

んでもって、すっかり日の落ちた渋谷をエスコートされて、あれよあれよという間にラブホテルの一室に連れこまれた。

『うわぁ………マジ!?』

僕、キスもしたことないのに、どーすんだよっっっ!!


そこは、いかにもラブホです!!　って言わんばかりの綺羅《きら》な部屋だった。

天井と壁には夜空と海がグラデーションに描かれて、電球の星がキラキラと光ってた。

貝殻《かいがら》みたいなベッドには、フリフリのレースのカーテンが付いてて、テカテカでツルツルの真っ白なサテン地のカバーがかけられてた。

おまけに、その頭側のっていうか、貝の殻の内側には鏡が張ってあるし。

なんだか、いろんな物が詰まった怪しげな自動販売機は置いてあるし。

お風呂《ふろ》場は硝子《がらす》張りの見え見え。

しかも、見える風呂場にはどうしてそこまでこだわるの？　って感じの透明な浴槽。

『もしかして、この部屋まともなのって、トイレだけなんじゃや……』

僕は、はっきりいって泣きたくなった。

だって、僕にだって密かな初体験の予定《ゆめ》はあったんだ。

じきにくる夏休み。

夏の海辺で思いっきり遊んで、その夜には海辺で花火して。

先輩と二人っきりのコテージで、波の音を聞きながらちょっぴりビールかなんか飲んじゃって。

〝だめじゃないか菜月、そんなもの飲んで〟

〝いいのっ！　今夜は特別だからっ〟

じゃれ合うみたいに一つのビールを取り合ってさ。

〝ほら、掴まえた！〟

〝もう飲んじゃったもーん。遅いもんっ〟

なんて言いながら酔ったふりして抱きついて。

〝菜月っ〟

先輩がその気になったところで、優しくギュッって抱き締められて、話が急展開するんだ！

〝菜月…好きだよ。僕にとっても、特別な夜にしていいの？〟

〝うん……いいよ。そのかわり、僕初めてなんだから…優しくしてよねっ〟

なんてキュートな言葉をかましたあとに、キスなんかされてモニョモニョモニョ…………って。

それが…。

それが、それが、それがっ!!

「じゃ、取りあえず二時間《ごきゅうそく》コースだからな、パッパとやろうぜ、パッパと♡」

『絶対にこんなんじゃなかったはずなのにーっっっっ!!』

こいつ（もう彼なんて呼んでやんないっ！）マジになんて奴っ！

僕は、予定《ゆめ》も妄想《きぼう》も打ち砕かれると、泣きたいを通り越して腹が立ってきた。

「ところでお前さ。名前はなんつったっけ？」

でも、奴はそんなこと全然気にしてなくって。

僕の名前を確認しながら、本当にパッパと自分の服を脱ぎ始めた。

「朝倉……菜月」

躊躇《ためらい》もなく、ジャケットを脱ぎ、シャツのボタンを外して。

引き締まった肉体を見せつけるように、ガバッとシャツを開いて。

「あさくらなつき…か。で、字は？　朝の倉に、夏に樹木の樹ってやつ？」

「いいえ。朝の倉に、菜っ葉の菜に…月で、菜月」

僕は、まともに見てられなくって、そっぽを向いた。

けど、何気ない会話をしながら、奴は僕に近づいてくる。

「ふーん…男にしちゃ珍しい字だな」

脱いだシャツをソファに放り投げ。

「まぁ顔に似合ってるっちゃ、似合ってるけどな」

さまになるジーンズ一枚の姿で、ゆっくり、ゆっくりと。

「な、菜月」

そして僕の横に立つと、左手を僕の腰に回して、思いきり引き寄せた。

「————！」

奴は、たった一本の腕の中に、僕の体を楽々と納めてしまった。

と同時に、右手で僕の顎《あご》を捕らえると、クイッと持ち上げる。

綺麗な、それでいて鋭い視線が、僕の顔を顎《あご》から徐々《じょじょ》に嘗《な》め上げた。

僕には、その強烈な視線から逃げるなんてことはできなくて、いやおうなしに目と目が合った。

奴の、薄くて形のよい唇が、うっすらと開く。

『キス…される』

このまま、僕はこの男にファースト・キスを奪われるんだ。

って思うと、目が乾き始めているのに、僕は瞼《まぶた》が閉じられなかった。

見つめ合う数秒が長い。

目が痛い。

なのに、奴はそんな僕を見ながら、突然クククッて笑った。

「？」

「何期待してんだバーカ。どんなにテメェの面がそこらのコギャルより極上でも、野郎だってわかってキスなんかしねぇよ」

笑うだけならまだしも、人を馬鹿にしやがった！

『…………こっ…こいつっっっ!!』

奴の黒目に、僕の顔が映《うつ》って見えた。

怒ってるっていうか、恥ずかしがってるっていうか。

図星を指されたっていうか、気をそがれたっていうか。

なんともいいようのない、間の抜けた顔が！

「まぁ。仮とはいえ恋人らしく、俺を起《た》たせてイカせたら、キスぐらいはサービスしてやってもいいけどな」

僕は、奴の言い草にカッとなると、奥歯を噛《か》み締め、背伸びをした。

乱暴に奴の首に抱きついて、ぶつけるみたいに唇を合わせて。

超衝動的にキスをした。

「――――――――――!!」

それは、チュ…なんて可愛いキスじゃない。

もうムチューッッッッッってぐらい、色気も素っ気もない、ただの唇の接触だったけど。

「――――んっ！」

でも、奴は突然のことにちょっとビビったみたいで、焦って僕のこと押し退《の》けた。

僕は、奴から離れると合わせてしまった唇を手の甲《こう》で拭《ぬぐ》いながら、

「ふんっ」

って、鼻先で笑ってやった。

このとき僕は、自分のファースト・キスへのこだわりうんぬんより、奴のすかした顔を少しでも狼狽《ろうばい》させて、笑い返してやりたかったんだ。

ざまあみろ！　って言ってやりたかったんだ。

「……のガキっ！　生意気に下手なキスなんかしやがって！」

奴にも、その嫌がらせの意図《いと》は通じたんだろう。

手の甲で唇を拭いながら、どんどん目つきが〝怒〟モードになっていく。

「もう容赦しねぇぞ！　こい！」

僕は、奴に腕を掴まれると、そのままベッドに引きずられてつきとばされた。

体勢を立て直すこともできずにのしかかられて、僕は無意識のうちに抵抗していた。

「いやっ……っ！　嫌だっ」

「何が嫌だ！　いまさらブリやがって」

でも、奴の力も体も、僕より全然強くて大きくって。

無駄な抵抗って、こういうことをいうんだって思いしらされた。

「金で男を買おうって奴が、いまさらウブなフリしてんじゃねぇよ！」

片手で両手を掴まれて、片足で両足を押さえこまれて。

奴は、僕の着ていたTシャツの襟《えり》を掴み上げると、力任せに引き裂いた。

「――――――っ!!」

呆気《あっけ》ないぐらい、簡単に引き裂かれたナイロン地の音は、僕の肉体も精神も、一瞬にして震驚《しんきょう》させた。

奴は、萎縮《いしゅく》した僕を見下ろすと、両手と両足を解放して、ニヤリと笑った。

そして、引き裂かれた胸元に、っていうより…Tシャツに指先を絡《から》めると、

「安心しな。着替えぐらいは買ってやるよ。こんな安っぽいのじゃなくて、ちゃんとしたブランド

ものをな」

ピッ！　って弾《はじ》いて、僕の胸元を全開にした。

「俺は、これでも恋人って決めた奴にはケチじゃねぇからな」

奴の言い方は、あまりに無礼で。

僕はこうされたことで〝怖い〟と思うより〝怯《おび》える〟より、やっぱり〝怒り〟を煽《あお》られた。

「三日限りのアルバイト契約でも、お前に十分イイ思いはさせてやる」

こいつ…。

「このさい、お前の体が絶品でも、使われすぎててガバガバの役立たずでもな」

こいつ、こいつ、こいつっっっ!!

「ま、取りあえずは俺のを起ててもらおっか。そんな怖い顔してねぇで、愛想《あいそ》よくふるまって俺のをしゃぶれよ」

こいつーっっっっっ!!

「ほら早く。俺はノンケなんだからな。気合い入れてサービスしねぇと起つもんも起たねぇだろ。お前の面見て発情するような奴と一緒にしてんじゃねぇぞ」

『最低っっっっ！　こんな男、見たことないっっっ!!』

僕は、あまりに怒りが沸騰《ふっとう》しすぎて、ガバッと身を起こした。

それこそ、なんでこいつに恋人役を頼んだのか……とか。

なぜ、僕がこんなことをしなければならなかったのか……とか。

その原因がなんだったのかさえ、記憶からふっとぶぐらいの大激怒だった。

『何がノンケだ！　僕に発情しないだ！　金の代わりに体で払えなんていった奴がよく言うよ！』

奴は、僕と入れ違うようにあお向けに横たわると、またクックッて笑った。

『嫌な奴っっっ！』

僕は、引き裂かれたTシャツを脱ぎ捨てると、奴の横に座りこんで、奴のジーンズに手をかけた。

『こうなったら、絶対に…絶対に満足させて、馬鹿高い服買わせてやるっ！　約束の三日間…わがまま言いまくって、お金使いまくらせて。テメェなんか破産させて、二度と女の前でカッコつけられないようにしてやるぅっ！』

怒りにまかせてボタンを外して、ファスナーを下ろして。

中から現れた黒のビキニの盛り上がりを探って、奴のをキュッと握り締めて取り出した。

『えっ…デカイかも』

けどその衝撃は、一瞬にして僕の大激怒さえ打ち消した。

『…………こんなの…あり？』

だってさ。奴のはまだ、何も変化していないのに、握った感触からして僕のモノとは質が違ったんだ。

色も、サイズも、形も。

いかにも大人で、雄《おす》って感じで。

僕は記憶を辿《たど》っても、今までに〝自分のモノ〟と〝弟のモノ〟しか見たことなかったから、自分はそれなりに、それなりのモノを持ってるぞ…とか思ってきた。

けど、それはおおいなる誤りで、僕のなんかコレに比べたら、まるっきり子供同然だった。

もう、怒るより先にポカンとするぐらい。

「何見とれてんだよ」

「だっ…誰が見とれるか！」

でも、奴はすぐに僕の怒りを復活させてくれた。

「嘘つけ。こんなスゴイの見たことな～い♡　とか思ったんだろう？」

「思わないよっ！」

ただ…ほんの一瞬だけ〝自分との違い〟に、悔しさと腹立たしさがわき起こったんだい！

ちくしょうっ!!

「ふ～ん。だったら早く銜《くわ》えろよ。本気で見とれたくなっからさ」

「ふんっ！　どうだかねっ」

僕は、こうなったらこいつを起たせて、

〝なんだ、膨張率はたいしたことないんじゃん〟

って、冷たく貶《おとし》めて、大爆笑してやろうと心に誓った。

『――――――――よしっ！』

そのためだけに、気合いを入れて、目をつぶって。

奴のモノを、パクンって口に含んだ。

「――――――んくっっっ」

舌を絡めて、吸いこんで。

入れたり出したりしながら、〝それらしい〟ことをやってみた。

「んっ…っんっ…っ」

でも、それはすごく変な…感じがした。

やっぱり、バナナとは違う。

アイスキャンディーでもない。

強《し》いて言うなら魚肉ソーセージに近い？

それとも…マシュマロを固めて形作ったら、こんな感じになるのかな？

コレは、過去に味わったことのない触感というか、味覚を持っていた。

それに………それより何より。

『………なんで、こんなことさせられてる僕のほうが…テンション上がってくるんだろう？』

嫌悪するべきことなのに。

いやいやしているはずなのに。

フェラさせられてるって事実が、僕の体の熱を上げる。

「ん…っ…くんっ」

妙に…興奮してくる自分に、自分自身を煽られる。

呼吸がままならなくって。

吐息がなまめかしくって。

「んっっ……っくん」

何より、奴の視線が痛い。

奴が、僕の様子をジィッと見てるのが、目をつぶっていてもわかる。

奴は、僕が散々《さんざん》遊んでるんだって思いこんでるみたいだけど、実際にこんなことしたら〝僕が何も知らない〟って、気づくかな？

それとも〝やっぱり遊んでるガキだった〟とか、思うのかな？

「はぁ……んっ……んっくっ」

そんなことを考えてたら、フニュってしてた奴のモノが、僕の口の中でどんどん形と硬さを変えてきた。

ムクムクって、伸びて。

カチンカチンに、固まって。

口の中が一杯《いっぱい》になっちゃって。

奴のモノは、僕の舌とか口内で、はっきりと括《くび》れた部分まで感じ取れるだけの大きさになった。

「………くぅっ」

僕は、口に出し入れしてるのがつらくなって、一度奴のモノから顔を上げて口を拭った。

奴のモノは、おなかのほうに向かって力強くそそり立ってる。

「はぁ…はぁ…はぁ……これで…いいんだろう？」

僕は、勝負でもなんでもないのに、内心〃勝ったぞ！〃とか思ってた。

ノンケのくせして、僕にフェラされてお前起ったじゃん！　って。

まんざら嫌なわけでもなかったんだろう！　って顔して、様子を見ていた奴をキッと睨みつけた。

「起ったよ」

もちろん、僕は〃こんなこと〃は初めてだったけど。

日頃からイメージトレーニングだけはしてたんだ。

大好きな直先輩のためなら、望まれればいつでもしてあげるもん♡　って、ずっと思ってたから。

まさか、こんなところでこんな奴にする羽目《はめ》になるなんて、想像もしてなかったけどさ。

「………起つだけはな」

なのに、奴はシラッとした顔で上体を起こした。

「なんだって？」

怪訝そうな僕を横目に、奴は一度ベッドから降りると、ジーンズと下着を脱いで再びベッドへと上がってくる。

僕は、奴がスッポンポンになってしまった手前、睨むこともできなくなって、顔を背《そむ》けた。

けど、そんな僕に奴は手を伸ばしてくると、顎を掴んで自分のほうへと顔を向かせた。

「下手くそ。お前、冷凍マグロ専門だろう」

「――――――!?」

僕の頭の中で、ゴロン…って冷凍マグロが転がった。

「冷凍……マグロ?」

なにそれ?

「そ。ベッドの上の冷凍マグロ。鯉《こい》ぐらいなら多少はピチピチ跳ねるんだろうけどな。お前はそれさえしないタイプだろうから〝冷凍マグロ〟って言ったんだよ」

「――――――!!」

「まぁ…ナリがナリだから、ウブなフリしていやいやしてれば、馬鹿な男は喜ぶんだろうけどな。お前、そういう男ばっかり相手にしてんだろう。それこそ、うっかりしてっとオナニーもまともにしたことないぐらい、快楽を〝他人まかせ〟にしてさ。そんなんじゃ今は若さで満足されても、年食ったら誰にも相手にされねぇぞ」

僕は、この言われ方にはさすがに〝頭の配線〟が全部一度にぶっちぎれた。

あまりに綺麗にぶっちぎれたのか、何も考えられないぐらい。

何も、言い返せないぐらい。

僕は、しばし放心状態になっていた。

「ま、それも人の好みだから、いいけどな。上の口が駄目ならきっと本命が絶品なんだろう。ほら、興がそがれる前にケツ出しな」

奴は、僕の顎から手を外すと、僕の体を押し倒してズボンと下着を丸ごと剥《は》いだ。

「――――――っ！」

僕は、放心状態からハッと抜け出すと、本能的に裸体を隠そうと手を動かした。

けど、無理やり奴にのしかかられて。

両手と両足を広げられて。

そのまま押さえつけられて、何一つ隠すことはできなかった。

僕の全身は、嘗めるような奴の視線に犯《おか》される。

「…………ふーん。取りあえずは〝昨夜《ゆうべ》の名残《なごり》〟なんてぇのはついてないようだな」

心も、目茶苦茶に侮辱されて、汚される。

「なんだ…触ってもいねぇのに可愛いのが起きてるじゃん。顔に似合わずイヤラシイガキだな」

「――――――――！」

なのに…なのに。

僕の体、フェラさせられたときから熱くなってる。

奴の視線でなぶられてるだけで、ジンジン感じはじめてる。

「見ててやるから、自分でやってみろよ」

無理やり利《き》き手を股間に導かれて、自分のを、触らせられて。

信じられないような自分に、勃起《ぼっき》してる自分に、無理やり気づかされた。

「……ほら、いつもどうやってるんだよ。一度や二度ぐらい自分でやったことあんだろう?」

奴は、手に手をとって僕に自身を擦《こす》らせた。

「いやっ……やだっ!」

僕は、自分が恥ずかしくって、惨めで、こればかりは必死に抵抗した。

「だからいまさらウブいフリするなって。俺は積極的なの大好きだぜ、ん?」

でも、それは奴を煽るだけで。

誤解が激しくなっていくだけだった。

「どうせだから、お前もこのさい多少はサービスできるように手技だけでも覚えな。俺のオナニーのやり方覚えとけば、よっぽどの玄人《くろうと》相手にしない限り、一発二発は軽く抜くことができるぜ。お前もケツに負担が減って喜ばしいだろう?」

なのに、なのに。

僕のアソコ、今までに覚えがないぐらいズキンズキンして。

もっともっとなぶってって、せがんでる。

「いらないよっ！　やめろよっっ」

「説得力ねぇなぁ。言ってることと、起ってるココ、意味が全然違うじゃんよ」

僕の指の隙間《すきま》から、奴の指が芯に絡む度《たび》に、いっそ直《じか》に触れて欲しいって悲鳴を上げる。

「いや……っ……やっ……放せよっ！」

「放せよ、じゃなくて〝もっとしてよ〟なんだろう？　いつもは、その顔と声で甘ったれたこと言って、ココにしゃぶりついてもらってるんじゃねぇの？」

触れて。

擦って。

「は…なせ……っ！」

目茶苦茶にして!!　って。

「それとも。どうせなら、試《ため》しに俺にもねだってみるか？　英二お願い、僕をイカせてぇ〜って。野郎のナニを銜えて喜ぶ趣味はねぇけど、手技で堪能《たんのう》させるぐらいは考えてやってもいいぜ」

なのに、奴は散々僕を煽り立てると、僕の手を股間から引き離してベッドへと押しつけた。

「────!!」

いっそ、早々にイッてしまえば楽だったのに。

僕のアソコ、ピンピンになったまま突然ほっぽりだされた。

イクにイケなくって、ヒクヒクとしてる。

「なぁ菜月、言ってみろよ。思いっきり可愛く甘えて、英二お願い…って」

あとちょっと擦れば、思いきり気持ちよくなれるのに。

奴は、限界手前でわざと僕から手を離したんだ。

僕に意地悪するために。

僕を焦《じ》らして苦しめるために。

何より、自分の言いなりにするために!!

「お前なんか一度死ね!」

「可愛くねぇー。ちょっとはお前にも気持ちイイコト、してやろうと思ったのに。じゃあいいよ。自分でイキな」

奴は、僕を散々煽って焦らしておきながら、素直に言いなりにならないと、本当にほうり出すみたいに拘束《こうそく》を解いた。

「────っ!」

僕は、意地やプライドのことを考えるより、一刻も早くイキたくって、奴にクルリと背を向ける。

「んっ………はぁ」

奴は、そんな僕を淡々と見つめてるんだろうな。

「あっ……んっ……んっ」

込み上げてくる性欲に我慢しきれなくって。

「んっ……っあぁっ……」

自分で自分自身に手を伸ばして。

「あっ………ん」

僕がガツガツ擦って上り詰める瞬間を、奴はずっと、ずっとニヤニヤしながら。

「はぁっ……っっんっ」

僕は、そんな奴の視線に煽られると、今までに経験がないぐらい興奮してきた。

ツルツルと滑るサテン地のカバーを、フリーな片手で手繰り寄せ。

これ以上変な声が出ないように、手繰《たぐ》り寄せたカバーを噛み締める。

「んっ…………っ!!」

夢中で、夢中で快楽に耽《ふけ》って、僕は全身に痺《しび》れと震えを覚えた。

しっかりと握り締めた利き手の中で、白いほとばしりを溢れさせて。

「く……ぅん……っ!」

たった一度の射精に、こんなに体力と気力を使ったのは初めてだった。

やっと満たされた快感から、涙腺《るいせん》が緩んで今にも涙が零《こぼ》れそうになる。

「ほらよ」

と、目の前にいきなりティッシュをひらひらとされた。

奴が、枕元に置いてあったのを何枚か抜き取り、僕によこしたものだった。

「――――――!!」

僕は、顔だけじゃなくって、全身が真っ赤になるぐらいカッとする。

「発情して腰ふってる子犬みたいで、可愛かったぜ。貴重なもん見せてもらって、ありがとうよ」

『もう……お前なんか絶対に殺すっっっ！』

なのに、奴は笑いながら僕の顔の横にティッシュを置くと、今度はティッシュ箱の脇に置いてあったコンドームへと手を伸ばした。

袋をピッと破ると、中身を取り出して手早く着ける。

そして、僕を見ると。

「んじゃ。イったばっかで体の具合のいいうちに、やらしてもらうぜ。菜月、ジェルでもオイルでもいいから、持ってるもんを今すぐ出しな」

「――――――?」

「まさか俺に、お前のケツを嘗めて湿らせろって言うんじゃないだろうな。ん？　今時の立派な受け子ちゃんなら、持ち歩いてるんだろう？　潤滑剤ぐらい」

僕は、はっきりとその物の名前を出されるまで、一体何を要求されてるのかわからなかった。

でも、その意味を知らされると、うわずった声で怒鳴《どな》り返した。

「もっ…持ち歩いてるはずないだろう！　そんなものっ」

「使えねぇー。ったく、相手まかせにすんのも大概にしろよ。自分が痛い思いすんぞ」

「それをあんたが言うの!?　こんだけ僕をなぶりものにしておいてっ！」

僕は、とうとう我慢の限界に達して、奴に向かって怒鳴り散らした。

けど、奴は僕の怒りなんか〝なんでもねぇよ〟って顔すると、

「はいはい。わかったよ。しょうがねぇなぁ、冷凍マグロは我がままで」

そう言いながらベッドを下りた。

そして自分の脱いだジーンズを拾い上げ、ポケットの中から財布を出すと、怪しい自動販売機のほうへと歩く。

『ちょっ…ちょっと待って。だから、そこで一体何買う気？』

僕は、奴のお買い物の光景を見ると、背筋にゾゾッと悪寒《おかん》が走った。

奴は財布を元に戻すと、買ったばかりのプラスチック容器を手の上で遊ばせながら、ベッドへと戻ってくる。

「ほらよ、潤滑剤。塗ってやるからケツ出しな」

僕は、ラブラブ♡エクセレントジェルとかって書かれた容器を見せられると、顔を引きつらせながらベッドの上を後退《あとずさ》った。

「おっと、ここまで用意して本番抜きはないよなぁ？　菜月」

けど、奴はそんな僕の足を掴むと、力まかせに自分に引き寄せる。

「やんっ！」

僕は、バタバタしながら逃げようとしたけど、結局は俯《うつぶ》せのまま引きずり寄せられた。

「何が〝やんっ〟だ。ほら、塗るからおとなしくしてろ」

奴は、片手で僕の腰をガッチリと押さえつけると、もう片方の手でお尻の辺りにドロリとしたジェルを落とした。

「―――ひっ！」

その冷たい感触に僕が背筋を震わせていると、奴はすかさず指を這《は》わせてきた。

「なんだ、こうして見ると思ったより可愛いケツしてんじゃん」

「―――やんっっっ」

窄《すぼ》みに、ヌルヌルとした感触が広がる。

奴の指の腹が、円を描きながらジェルをゆっくりと馴染《なじ》ませる。

「肌も綺麗だし、ココもうっすらとしたピンクで」

「……やっ……っぁっ！」

ズブリと、僕の中に奴の指が入りこんできた。

「ひぁっ…………んっ！」

ジェルを中へ中へと塗りこめるように、指が奥へと沈んでくる。

「痛いっ……やっっ」

僕の体は、侵入してくる奴の指を追い出そうとして、自然と妙な蠢《うごめ》き方になってきた。

「中のほうもよく締まって絡みつく。なるほど、この器の可愛い子ちゃんにこの名器なら、冷凍マグロを許す男は山ほどいるか。すまなかったな。かなり極上だったんだな、お前」

でも、そんな肉壁と奴の指が絡み合うと、僕の中に覚えのない疼《うず》きが芽生《めば》えはじめた。

「あっ……はぁ…………あっ」

指の腹でグニュグニュと掻《か》き回すかと思えば、ときおり、部分部分を引っ掻く。

そうかと思うと大きく小さく抜き差しされ、僕の一番感じる部分を探索する。

「んっ……はぁっ……やっぁ」

奴は、本来女に対して使ってるんだろう手技の数々を、次々と僕の内部にしかけてくる。

そうじゃなくても、たった今上り詰めたばかりの僕の体は、どこを触ってもイッちゃうぐらい敏感になってるのに。

僕の蜜部は、絡みつくジェルと奴の指で、ドロドロに溶かされるみたいに熱を帯びてきた。

『どうしよう。視界が…ぼんやりするほど、気持ちがいいなんて』

「それより何よりこの感度のよさ。伊達《だて》にブリブリしてたわけでもないみたいだな。要は、快感に従順なのが菜月の〝売り〟ってとこか」

奴の指が奥のほうで蠢く度に、そこから背筋にジンジンとしたものが走ってくる。

「随分おとなしくなったな。ココが、そんなに気持ちいいのか？　ん、菜月？」

奴に聞かれ、僕はうっかり〝うん〟って頷きそうになって、慌てて首を振った。

でも、そんな〝ごまかし〟は、奴には全然通用してなくって。

「正直に言ってみ。言えば、俺はうんと優しくしてやるぜ。意地悪しないで、ココでこのままお前のこと、イカせてやるぞ」

奴は、淡々と僕の中に指を抜き差ししながら、僕が感じてるのを面白そうに眺めてる。

「ほら、気持ちがいいんだろう？」

新たにジェルを足しながら、溢れるぐらい僕の蜜部に絡みこませて。

「んっ………っゃっ」

ジュプッジュプッって、淫靡《いんび》な音が響きだすまで。

奴は僕の中に、ジェルをたっぷりと塗りこんできた。

「や……やっ」

僕は、いやいやと首を振りながらも、なんか意識が朦朧《もうろう》としてきた。

いつの間にか奴の指の動きに合わせて、腰がヒクンヒクン動く。

「やじゃないだろう？　こんなに感じてるくせに」

『でも…どうして？　どうして…僕。ココをいじられてこんなに熱くなってるの？』

「ほら菜月、もっと気持ちよくしてやるから腰上げな」

奴は、そう言うと僕からスッと指を引き抜いた。

「や…っ………抜かないでっ」

と、意識とは関係なく口をついた言葉に、僕は自分で愕然《がくぜん》とする。

「じきに、もっとイイもん入れてやるよ」

けど、僕の一言に奴は機嫌をよくすると、両手で僕の腰を掴んで持ち上げた。

僕は、さらに奴のほうに引き寄せられて、四つん這いに近いような体勢にされる。

「やっ……やだっ！　やめてよっ…こんなのやだよっ」

僕は、上体を崩しながら、頭を何度か左右に振った。

でも、それは言葉だけの抵抗で。

再び奴の指が入りこんでくると、僕の体は悦《よろこ》び勇んで奴の指を締め上げた。

「あ……んっ」

「こんなのを待ってたって、体のほうは言ってんぞ」

「いや……ぁっ」

「ほら、菜月の可愛いのも、それに応えてまた起き上がってる。嬉しそうに、涙流してんじゃん」

『うそっ。なんで僕、また……起ちはじめてるの？　前なんか…、全然触られてないのに』

しかも、擦ってもいないのに、僕のアソコからは白いほとばしりが滴《したた》ってる。

「……前より、後ろのほうがイイなんて。こりゃ男泣かせな肉体だな」

奴は、またクスクスと笑うと、入れた指の抜き差しを早くし、激しく僕を突き刺してきた。

すると、体内に一際《ひときわ》高い快楽の波が立ち、僕は、一瞬にしてそれに飲みこまれた。

「あん……っあっ！」

僕は、完全に理性が飛んじゃうと、奴から逃げるどころか腰を揺らして歓喜の声をあげ始めた。

『どうして？　どうしてこんなトコが…こんなに僕には気持ちイイの？』

頭の片隅《かたすみ》では、どうして？　が一杯なのに。

蜜部は、埋められた指に狂喜してる。

もっと、もっとしてよって、激しいぐらい求めてる。

「あんっ……あんっ…あっ……」

僕は、何がなんだかわからなくって。

自分で自分が信じられなくなって、とうとう涙がポロポロと溢れだしてきた。

「ひっ…く……ひっ…ん」

呼吸が苦しくなって、しゃくり上げる。

「おい、たったの指一本でそんなに気持ちいいのか？」

そんな僕に、奴は不思議そうに声をかけてきた。

自分がこんなふうにしてるくせに…聞くなよ馬鹿っ！

「んっ……んっ……」

なのに、僕はベッドに頬を擦りつけながら、首を縦に振っていた。

もう…意地でも横に振ることができないぐらい、本当に、本当に気持ちがよくて。

怖いぐらい…体がどこもかしこも感じちゃって。

今にもどっかにイッちゃいそうだった。

「こんなの初めてぇ…とか思うほどか？」

「………んっ…んっ」

「ふーん。騙《だま》されたつもりで〝こんなもん〟に余分な金つっこんだけど…まんざら使えねぇもんでもないんだな、このエクセレント・ジェル。催淫効果ありなんて、ただの煽り文句だと思ったのに」

「────────────!!」

なに？

今…なんて言った!?

「ま、そんなにイイなら、俺もついでに試してみっか。こんな機会、もうねぇだろうし」

僕は、なんか聞き捨てならないことを聞いた気がして、体をよじって振り返った。

すると、奴は残った片手で被《かぶ》せていたコンドームを外し、容器を持つと中のジェルを自分自身にかけていく。

「…………………つんっ…冷てぇ」

そして、奴はそれをまんべんなく自分のモノに塗りこめると、僕の中から指を引き抜き、入れ替わりに三倍は…ううん、四倍はありそうなそれを僕の蜜部に向けた。

「やっ………っやっ…やめっっ！」

奴の先端が、僕の蜜部を撫《な》でるように擦り、入り口を定める。

その瞬間、期待と恐怖が僕の中で交錯した。

「いやっ…やだっ！」

咄嗟《とっさ》に逃げようとした僕の腰を、奴は両手でガッチリと掴み、抱えこむ。

ジェルの滑りも手伝い、先端部分は驚くぐらい呆気なく、ズブリと僕の中に入ってきた。

「ひっ――――！」

でも、突き進んでくるその圧迫と身を引き裂かれるような激痛は、想像もしてなかったしできなかったレベルのもので、僕は部屋中に響くような悲鳴を上げた。

「いぃやぁっっっっ！」

けど、奴は僕が受けてる痛みなんか、全然わかってなくって。

「痛っ……こりゃ…すげえや。並の処女より狭いっつーか、きついっつーか。動く前から目茶苦茶締め上げてくる」

嬉しそうに呟くと、僕の腰に自分の腰を深々突きさし、それこそ目一杯奥まで自分のモノを僕の中へと埋めこんだ。

「――――!!」

痛みに頭が真っ白になって、僕は悲鳴も上がらなかった。

「…菜月、くっ……力抜けよ、身動きが取れねぇだろう」

ジェルが熱で溶けて、液体になって、蜜部から押し出されるみたいに溢れ出した。

「お前の中…すげえ熱くて、きつすぎる」

お尻の割れ目を伝って、それは背中や陰嚢《いんのう》のほうに流れていく。

僕は、激痛に全身を犯されて、ガタガタ、ブルブルと震え始めた。

「………？　おい、菜月」

指一本が入りこんだときに感じた快感が、嘘みたいだった。

奴のモノは、ただ痛くて、熱くて、苦しくて。

涙が溢れだして止まらない。

「………菜月？」

なのに、なのに。

徐々にだけど、それがまたさっきみたいな快感に思えてくる。

「怖いよっ……っ」

引き裂かれた痛みの中に、でも気持ちイイ何かが、生まれてて。

「……怖いっ」

それを、もっとはっきりと知りたくて。

その何かが欲しくて欲しくて、僕は無意識に自分から腰を揺さぶり出した。

「菜月…っ…馬鹿、やめろっ煽るな！　ジェルのせいで、俺もセーブが利かねんだから…っ!!」

痛みの表裏に見え隠れする何か。

僕は、それを求めてどんどん動きが激しくなる。

「菜月……やめっ！」

かなり激しく動いたあと、熱い中で一際熱い奴のほとばしりが、僕の中に打ちこまれてきた。

「────あんっっっ！」

ドクン…ドクンドクンって。

それは、内部から背筋に。背筋から全身に。

まるで電気を流したみたいに、快感を体中に疾走《しっそう》させた。

「んっ………いいっ」

逃れられない。

こんな快感に掴まったら、僕は一生逃れられない。

体の中にジリジリと広がる快感は、耽溺《たんでき》していく恐怖さえ伴《ともな》っているのに。

「どうしよう…葉月《はづき》……怖いよ葉月っ……」

なのに、それでも僕は腰を動かすのを止めなかった。

ベッドカバーを握り締めながら、うわ言みたいに弟の名前を口にして。

「おかしくなっちゃうよ……気持ちよくて…苦しくて…助けて…っ……怖いよ葉月ぃっ！」

「………菜月っ…おい！」

僕の様子が相当異常に見えたんだろう。

奴は、焦ったように僕の名前を呼ぶと、僕の腰を押し退けるようにして抜け出した。

「────────!!」

と、蜜部から奴の放ったものがドプッて溢れ出して、見る間にベッドカバーを真紅に染めた。

「…………………っ!」

奴は、それを見るなり顔を引きつらせて、僕の肩を掴み上げる。

そして、僕の体をあお向けにして。

「お前! まさかこれが初めてなのか!?」

って、叫んだ。

でも、そんな言葉はもう僕の耳には届いてなかったし、どうでもいいことだった。

僕は、手にしていたカバーを放すと、無我夢中で奴の体に抱きつく。

「いや…放さないでよ。ちゃんと…もっと入れといてよ…っ」

「────────なっ…何!?」

「僕の中に…もっと…もっと入っててよ」

それどころか、僕は、自分のモノを奴のモノに擦り付けるみたいに腰を振っちゃって。

「僕のこと…壊してもいいから……お願いだから…入れて」

本当に発情した犬みたいな状態に陥《おちい》っていた。

「……やべえ。塗りすぎたのか!?　利きすぎたよあのジェル。目がイっちまってるじゃねぇか」

そんな僕を見て、奴はちょっと青ざめてた。

「おい、しっかりしろよ！　大丈夫か？」

「そんなこと…言わないでよ。こんなに…こんなにあなたのも熱くなってるじゃない……。コレ、入れたいでしょう？　どこかに…入れて掻き回したいでしょう？」

「待ってろ、今風呂場に連れて行って洗い流してやるから！」

「ねぇ…僕を抱いてよ」

会話が、何一つ噛み合わない。

それどころか、奴は僕の体から離れて起き上がろうとする。

「いやっ！　このままがいいっ！」

僕は、奴の首に腕を絡ませ、力の限り抱きついた。

「菜月っ！」

「お願い…お願いだからこのまま僕のこと抱いてよ！　抱いて…抱いて僕のこと好きって言ってよっ！　直先輩っ」

「――――――!?」

けど、一体どこでどう錯乱したんだか、僕はいつの間にか奴に向かって〝先輩〟って呼んでた。

僕の大好きだった、来生直也《きすぎなおや》の名を呼んでた。

「僕…先輩のためならなんでもするから…先輩のこと…大好きだから……だから…だからっ」

甘えるみたいに、すがりつくみたいに。

「お願いだから……葉月より僕のこと…もう一度好きになってよぉ……」

胸にたまったまま、ずっと言葉に出せなかった思いを口にしてた。

「僕を……僕を好きになってよっ……」

奴の顔を引き寄せて。

泣きながら、唇を合わせてた。

「…………………っ！」

奴は、早乙女英二は。

そんな僕を一瞬押し返そうとしたけど、僕がきつく抱き締め直したら、諦めたように力を抜いた。

そして、その腕を僕の体に絡めると、嘘みたいに優しくて抱き締めてくれて……優しくて、激しいキスを返してくれた。

「んっ………っん」

僕は、このキスが直先輩のものじゃないことを、わかっていながらも夢中になった。

堅く瞼を閉じたまま、貪《むさぼ》るみたいに、唇や舌を絡め合った。

『僕は、至福な夢にでも、溺《おぼ》れたかったんだろうか――――？』

呼吸がままならないぐらい長いキスを交《かわ》すと、奴はチュッ…って音を立てながら唇を離した。

そして、ぼんやりとしていて焦点の定まっていない僕の目に手の平をあてがうと、

「わかったから。ジェルの効果が切れるまで抱いてやるから。お前は目ぇ瞑《つぶ》って、好きな奴に抱かれてな」

そう呟いて、僕の瞼を閉じさせた。

「…………っ!!」

僕は、言われるまま目を閉じたけど。

朧気《おぼろげ》な中でも、奴の言葉に胸がジンってして、あとからあとから涙が溢れて止まらなかった。

『なんで……なんでこんなときに急に優しくするんだよっ！　卑怯《ひきょう》者っ!!』

奴は、早乙女英二は。

そんな僕の両足を割って広げると、僕の腰を浮かせながら、再び中へと入りこんできた。

「ひぁんっ………！」

僕の体を抱き締めながら、奥へ奥へと入りこんで、腰をゆっくりと小刻みに動かしてきた。

「あっ………あんっ」

そうしながらも、唇や、頬や、首筋に一杯一杯キスしてきて。

額や、髪を何度も何度も撫でてきた。

「はぁ…っはぁ…はっぁ」

壊れ物を壊さないように。

大事な人でも愛《いと》しむように。

優しく、優しく愛撫を繰り返しながら。

僕の中に、そそり立った熱いモノを、何度も何度も突き立ててきた。

「んっ……はぁっ！」

僕は、いつしか自分を抱き締める体にしがみつき、その腕や背に爪を立てながら送りこまれる快楽に耽溺していた。

「ぁ……っ……ん……いいっ……いいよぉ」

僕は、奴に視界を閉じられた。

幻に酔うことを、許された。

「えい…じ……ぃっ」

「――――――!?」

にも関わらず、どうしてか僕は〝早乙女英二〟という男性《ひと》を、改めて〝来生直也〟だと思いこむことができなかった。

「もっと…もっと……んっ」

奴が、ううん…彼が。

「……えいじぃっ…！」

僕を抱く早乙女英二の腕までが、〝幻〟になってしまうのが、嫌な気がして――――。

2

その夜、僕は夢を見た――――。

それはここ数日、毎晩のように思い出しては、ベッドの中で泣き伏していた現実《こと》だった。

つい一週間前の放課後の生徒会室。

初夏の風が心地《ここちょ》好く吹きこむその一室で、僕は生徒会長であり、付き合って二ヵ月になる〝僕の恋人〟の来生直也先輩が、苦笑を浮かべながらこう言ったのを、偶然立ち聞きしまった。

「君が好きだよ」

「……………先輩!?」

その言葉を受けたのは、〝もう一人の僕〟だった。

「あっ…あのね先輩、僕菜月じゃないよ! 葉月なんだよ!」

一卵性双生児の僕と葉月は、生まれたときから今に至るまで、他人が見分けるには目茶苦茶困難な兄弟だった。

容姿も声もほとんど同じで、髪形もほとんど変わらない。

それこそ母親以外は、父や親戚でも間違えるぐらい、性格も喋《しゃべ》り方も、似たりよったりな兄弟だった。

そんな中で直先輩は、他人なのに、初めて僕達をきっちりと見分けてくれた人だった。

『嘘………。先輩が…間違えた……の？　僕達を？』

だからこそ、好きになった人だった。

なのに、なのに先輩は、恋人である僕じゃなくて、弟である〝葉月〟にその言葉を口にした。

「わかってるよ。葉月ちゃん」

「―――――――――!!」

葉月の名前を、口にした。

「君が…葉月じゃなくて、葉月ちゃんだってことは、最初からちゃんとわかってる。だから、僕は自分の気持ちをどうしていいのかわからなくって……この言葉を伝えるのに、ずっと悩んでた」

「…………直先輩」

「ごめん。本当なら…順序が違うね。君に好きだって言う前に、僕は菜月に謝らなきゃいけないのに。菜月に…ごめんって言ってから、言うべき言葉なのに。今日の僕はどうかしてる」

僕は、先輩の突然の言葉に愕然としすぎて、その場から立ち去ることも、二人の間に割って入ることもできなかった。

『……先輩が、葉月を。僕より…葉月を!?』

「でも、本当のことなんだ。好きなんだ…葉月ちゃんが。菜月はいい子だし、嫌いになったわけじゃない。僕のことで傷つけたいとも思わないし、好きかって聞かれれば、好きは好きなんだ。でも…そんな菜月より、僕は君をもっと好きになってしまった………朝倉菜月より、朝倉葉月を」

『菜月より、葉月を好きになった――――――――』

こんな衝撃は、今までに一度だってなかったことだった。

僕《ぼく》や葉月は、今までに〝どっちのほうが好き〟だなんて比較は、一度もされたことがなかった。

みんながみんな…僕達を同じぐらい好きだって言って可愛がってくれたし、友達にもなってきたから。

「………困るよ。そんなの…僕困る。先輩の…気の迷いだよ」

『――――――――葉月』

でも…そっか。

そうなんだよね。

先輩は〝恋人〟であって、〝家族〟でも〝友達〟でもないんだから。

僕達を二人同時に、同じぐらい好きになる…なんてことは、最初からあり得ないんだ。

「最近…菜っちゃんと一緒にいないから。僕と…いたほうが多かったから。だから…勘違いしてるんだよ。錯覚してるんだよ…僕を菜っちゃんと」

「そんな…錯覚なんてことはないよ！　僕は一度だって君達を間違えたことなんてないだろう？」

「だったら…今だけでもいいから間違えてよ！　錯覚だって言ってよ！」

「………葉月ちゃん」

「だって菜っちゃんは先輩が大好きなんだよ。先輩のこと信じてるんだよ！　菜っちゃんが悲しむってわかってて…僕…先輩の気持ちに…うんなんて言えないよ。ありがとうとか…嬉しいなんて…言えないよ」

『―――――――！』

今まで僕が一番大事で、一番好きって思ってきた葉月への気持ちとは、別の形で先輩を好きになったように。

先輩だけは、最初から僕と葉月を全く別な、バラバラな人間として見てたんだもの。

「葉月ちゃん」

そして、〝一個人〟として見られたことのない葉月にしても、きっと…先輩の視線って、特別なものに感じられたに違いない。

「だって…それって僕が菜っちゃんから先輩のことを奪うってことでしょ!?　菜っちゃん…先輩のこと凄く好きなんだよ！　今は…バイトばっかりして先輩の側《そば》にいないけど……。でも、それも先輩と夏休みに旅行に行きたいからって…それで頑張ってバイトしてるだけなんだよ！　僕は…僕はただ。時間があったから…菜っちゃんの代わりに…先輩の仕事を…手伝ってただけで。そのこと、誰より知ってるの、僕なんだよっ」

葉月、先輩のこと好きだ。

僕と同じぐらい。
ううん、もしかしたら……僕よりずっと。
「葉月ちゃん」
だって…、この思いは駄目なんだって言いながら、葉月は泣いてるんだ。
先輩のこと好きなのに、僕のことがあるから〝うん〟って言えなくって。
先輩からの気持ちに、〝嬉しい〟って言えなくって。
〝ありがとう〟って、言えなくって。
葉月の胸の痛みが、僕にガンガン伝わってくる。
「………ごめん。悪かったよ。もう言わない。だから、泣かないで葉月ちゃん」
直先輩は、そう言って葉月の頬に手を伸ばすと、流れる涙を優しく拭った。
葉月は、肩を大きくしゃくり上げると、そのまま先輩に抱きついて号泣《ごうきゅう》してた。
〝ごめんね菜っちゃん。今だけだから………先輩の胸で、泣かせて〟
葉月の思いが、僕には手に取るようにわかった。
だって、葉月とは一心同体だよね…って言えるぐらい、気持ちがいつも通じ合うんだ。
双子の神秘だって、よく言われたけど。
離れ離れになってても、どっちかが泣いてると悲しくなった。
笑っていると、嬉しくなった。

いつも心の中で、互いを求めて共鳴し合って……。

『ありがとう…葉月。でも、僕も…葉月が大事なんだよ。葉月のこと…泣かせたくないんだよ』

だから…だから。

僕は、その次の日には、大好きな先輩に〝別れよう〟って、自分から言った。

「ごめんなさい。僕…好きな人ができました。バイト先で……知り合って。先輩より……好きになっちゃって。どうにもならなくて……ごめんなさい！」

って、頭が腿《もも》につくぐらい、体を折り曲げて謝った。

先輩は、酷《ひど》く複雑そうな顔をしたけど、何も言わずに「わかったよ」って、頷いてくれた。

僕は、終わっちゃったって…思った。

本当は、心のどこかで先輩が怒ってくれるの期待してたんだ。

ふざけるな！　って。

相手はどこの誰なんだ！　って。

少しぐらい罵《ののし》られても、乱暴にされても。

先輩が心変わりした僕に、嫉妬して怒ってくれること……期待してたんだ。

「………わかったから、謝らなくっても…いいよ」

でも、先輩は怒ってくれなかった。

それどころか、「うまくいくといいね…」って激励されて。

僕は奥歯を噛み締めながら、涙が溢れるのを……堪《こら》えていたんだ。

そして、その日のうちに僕は、葉月にも、同じことを笑って告げた。

「すっ…好きな人ができたから、先輩と別れたぁ!?」

「うん！　とにかくすっごくカッコよくってさ…なんか、心臓にガン！　ってくるような人なんだよね。もぅ…一目惚《ひとめぼ》れって、本当にあるんだなぁ〜っ。悪いこととは思いつつ、先輩のこと考えられなくなっちゃってさ。あの人こそ、OH《オー》・MY《マイ》・ダーリぃ〜ン♡って、感じで」

それはまるで、初めて先輩を意識したときに、葉月に向かって「好きな人ができたんだよ♡」って、はしゃいで報告したみたいに。

「は？　OH・MY・ダーリン？　菜っちゃん…何言ってるの？　それ、なんの冗談!?」

でも、異体同心の葉月に、嘘をつきとおすのは至難《しなん》の業《わざ》だった。

何せ、目と目が合っただけで話が通じちゃうし。

感情の持っていき方も、考え方も、その表現の仕方もよく似てるから。

「え？　冗談じゃないよ。本当だよ。先輩には…悪いことしちゃったんだけど……。ほら僕、根が正直だからごまかしきれないだろうし。いずれバレるなら早めに話してごめんなさいって……」

だから、この嘘をつきとおすには、言葉だけじゃ絶対に無理なんだってわかってた。

「菜っちゃん！」

案の定《じょう》、葉月には物凄《ものすご》い剣幕《けんまく》で、スナップの利いた平手を頬に打ちかまされた。

「――――――いっ…痛いなぁ！　なにすんだよ葉月っ！」

本当は、先輩にして欲しかったはずのこと、してくれたのは葉月だった。

「行こう菜っちゃん！　僕が一緒に謝りに行ったあげる!!　先輩のトコに、ふざけたこと言ってごめんなさいって！　さっきのは嘘です許してくださいって！」

葉月は、僕の腕を取ると、無理やり部屋から連れ出そうとした。

「なっ……なんでそんなことしなくちゃいけないんだよ！　僕はもう謝ってきたんだよ！」

僕は、生まれて初めて葉月の腕を振り払った。

十五年以上ずっと、手を繋いでたことはあっても、振り払ったことなんか一度もなかったのに。

葉月は、一瞬物凄く悲しそうな顔になったけど、すぐにもう一度手を伸ばしてきた。

「だから！　そんな馬鹿なこと、誰がハイそうですかって信じるんだよ！　菜っちゃんが先輩にメロメロでラブラブなのは、みんな知ってることなんだよ！　それを…他の誰かを好きになったから別れるなんて、誰に言ったたって信じないよ！」

「でも誰が信じなくったって、先輩は信じてくれたんだからいいじゃないか！」

僕は、ここが正念場《しょうねんば》なんだって思って、もう一度葉月の腕を振り払った。

「――――――菜っちゃん！」

「たとえ…たとえ葉月には信じられなくっても。他の誰にも信じられなくても。先輩は僕の言うこと信じてくれたよ。別れるって…言ってくれた。新しい奴とうまくいくといいって…いってくれた」

「――――――先輩が!?」

葉月の表情が、激怒から驚愕に変わる。

「そうだよ。先輩が…直先輩が僕を引き止めなかったんだから、これは…これでもういいんだよ！　葉月の気持ちは嬉しいけど、僕と先輩はもう終わったんだよ！　僕がこの先どこの誰と付き合ったって、先輩が誰と付き合ったたって、お互い関係ないことなんだよ！」

「菜っちゃん」

だから、だから葉月が泣かなくってもいいんだよ。

先輩が、僕に嘘をつきながら、付き合っていくこともないんだよ。

本当に好き合っている者同士で、これからは付き合っていけばいいんだよ。

「だから……お願いだから、僕と先輩をどうにかしようなんて思わないで」

惨めになるから。

情けなくなるから。

大好きな葉月のことも、大好きな先輩のことも、嫌いになんかなりたくないよ！

憎むこともしたくないよ!!

「………それで、菜っちゃんは本当にいいの？」

葉月の、驚愕した表情がしだいに哀しそうなものになっていく。

そんな顔、して欲しくないのに。

葉月には、いつも笑ってて欲しいのに。

「だって……いいも悪いも…僕先輩より好きな人ができちゃったんだもん」

「僕には、そんな気持ち全然伝わってこないよ」

「そういうときもあるよ。今度は、葉月が全然知らない人だし」

「たとえ知らない人でも、菜っちゃんが本気で恋してるんなら僕にはわかるよ！　今の菜っちゃんには……そんな気持ちこれっぽっちもないよ！　悲しくって…切なくって…そんな暗い気持ちばっかりだよ！　僕そんなの嫌だっ！」

なのに………結局、泣かせちゃった。

葉月は、言葉にこそ出さないけど、僕が悪いんだよねって、心で叫んでた。

僕が、菜っちゃんと先輩のこと、壊したんだよね！　って。

でも…でもね。

「嫌でもなんでも、しょうがないじゃない！」

僕は、心から〝しょうがない〟って言葉を吐きだした。

「菜っちゃん！」

「だって…先輩は止めてくれなかったもん。僕が浮気したって…怒ってもくれなかったもん。僕が別れるって言っても…ごめんなさいって言っても………わかったよの一言しか、言ってくれなかったもん！　僕……引き止めてもくれない先輩に…ずっと恋なんかできないよ！」

「────────‼」

どんなに悲しくっても。

どんなに切なくっても。

先輩の心、もう僕にはないんだもん‼

「………僕は…僕だけを束縛してくれる人が好き」

先輩の心が…葉月のところにあるとかないとか、そういうことは別にしたって。

「菜っちゃん………」

「たとえ〝好きな人ができた〟って言っても、〝許さない〟って言ってくれる人が好き」

僕のところにないってことだけは、確かなんだもん！

「葉月みたいに…そんなの信じないって…言ってくれる人が好き」

「………菜っちゃん」

それがはっきりとわかって。

僕は、先輩とのことは〝時間の問題だった…〟って、思うことができた。

「もし葉月に、今の僕の心が悲しくって…切なく感じられるっていうなら。きっと…それは、直先輩はこんな僕を許せる人だったんだって…わかったことがショックなだけだよ」

遅かれ早かれ、いずれはこんな日がきてたんだ…って、諦めることができた。

「自惚れてたんだって…知らされたことがショックなだけだよ。自分から離れるって決めたくせに、心のどこかでは引き止められるかも………なんて、ちょっとだけ期待してた自分に気づかされて、それがショックなだけ」

きっと僕は、葉月に愛情を貰《もら》いすぎてて、贅沢《ぜいたく》に育っちゃったんだ。

「菜っちゃん……だって…菜っちゃあんっっ！」

葉月は、生まれたときから僕のことわかってくれるから。

いつだって、僕が一番にして欲しいことをしてくれて。

言って欲しいことを言ってくれるから。

先輩もそうなんだって…思ってたんだ。

みんな僕にはそうしてくれるんだって…きっと自惚ればかりが育ってたんだ。

今回は、そのことに気づいただけ。

「だから……葉月が泣くことじゃないんだよ」

先輩と僕とのことで、葉月を傷つけたくはない。

その思いに決して偽《いつわ》りはない。

でも、その裏に嫉妬がないか？　って聞かれれば、全くないとは言えない。

「葉月が…泣いてくれるのは…嬉しいけど」

どうして僕じゃ駄目だったの？

どうして、よりによって葉月なの？

他の誰かに心を奪われたんだったら、泣きすがってでも、もう一度僕を好きになって！　って、直先輩に言えたかもしれない。

直先輩の心変わりを、酷《ひど》いよって…責められたかもしれない。

『もしも、相手が葉月じゃなかったら………』

それが叶わないまでも、せめてフラれちゃったよ！　って言って、葉月に縋ることもできたかもしれない。

泣きつくことが、できたかもしれない。

僕が今一番つらいのは、きっと葉月に縋って泣けないことなんだ。

本当に泣きつける場所が……ないことなんだ。


僕は、夢の中に〝そんな自分の姿〟を見ると、涙が溢れて止まらなかった。


そして止まらない涙を、彼は、早乙女英二さんは何度も何度も拭ってくれた。

キスをされて、撫でられて。

寂しくって悲しくって震える体を、ずっとずっと抱き締めてくれた。

「……少し寝ろ。後始末はしてやるから」

「……んっ」

僕は彼の、英二さんの言葉と仕草《しぐさ》に絆《ほだ》されながら、いつしか眠りに堕《お》ちていた。


これは、一体どこまでが夢で、どこまでが現実なんだろう?

もしかしたら、すべてが夢の中の出来事だったんだろうか?

あの日の先輩の告白も。

泣きくれる葉月の姿も。

途方《とほう》に暮れる僕の心も。

英二さんに出会ったことも。

みんなみんな、深い…深い眠りの中に見た、夢か幻だったんだろうか?


でも、それは夢でも幻でもなかった。

だって、どこからともなくチュンチュン…って雀《すずめ》の鳴き声が聞こえてきて。

僕は、深い眠りの中で、夜明けがきたことを知らされた。

「んっ……」

しかも〝これが現実なんだ〟っていわんばかりに、物的証拠というか、状況証拠というかが、瞼を開いた途端《とたん》に突きつけられて……。

「────────っ！」

僕は、心臓が口から飛び出しそうになった。

僕の目の前にあったのは、とにかく極上で〝穏やかな寝顔〟だった。

『だっ…誰!?　この男!?』

シャープな顔型に、スッと通った鼻筋が綺麗で。

細くもなく太くもない柳眉《りゅうび》に、閉じられてはいるものの、はっきりとした二重《ふたえ》の瞼。

僅かに開かれた薄い唇からは、微《かす》かな寝息。

乱れた前髪さえセクシーに見せる至高の貌《かお》。

僕には全く覚えのない、無防備な寝顔。

『…………誰？』

けど、そんなことを思っているうちに、僕の脳裏には鮮やかなぐらい〝皮肉な笑み〟を浮かべた男の顔がよぎった。

『もっ…もしかして…昨夜の!?』

傲慢で、残酷で、薄情で鬼畜で…嘲笑とか冷笑が腹が立つぐらい似合う最高級の男!!

『こっ…この人って、あのギランってした眼光さえなければ、寝てればこんなに綺麗で穏やかに見える男性《ひと》だったの？』

僕には、英二さんがまるで別人のように見えた。

記憶に残ってる姿は、高飛車《たかびしゃ》で獰猛《どうもう》で雄々しくて、炎みたいに熱くて激しいのに。

なのに、僕を腕に抱きすくめて眠る姿は、静かで穏やかで、森林のように優しい温《ぬく》もりを持っている。

『不思議な人――――』

僕が、こんなふうに人の持つ温もりに、〝安らぎ〟を覚えるなんて。

僕をこんな気持ちにさせてくれるのって、今までは葉月しかいなかったのに。

『…って、そりゃそうだよな。僕、葉月以外の人となんて、今までに一度も寝たことないんだから』

先輩には、何度か抱き締めてもらったことがあるけど、のぼせ上がるぐらいドキドキするだけで、こんなふうには感じなかった。

これって、恋心があるのとないのの違いなのかな？

それとも、昨夜の鬼畜な印象とのギャップが激しすぎて、単に戸惑ってるだけなのかな？

もしかして、マシに見えてるだけとか………。

『それにしたってこれじゃあ僕、まるっきり女の子扱いだよ』

タイプも体格差も全然違うってことは認めるけどさ。

でも、なにもこんなに〝スッポリ〟と収まってしまうことも…ないんじゃない？

『………腕枕で目が覚めるなんて』

束縛されているような、保護されているような。

僕の気持ちの中に、恥ずかしさと照れくささと、嬉しさが入り交じる。

『そりゃ……女の子しか相手にしたことがない人なんだから…当たり前のことなんだろうけど。でも…〝パッパとやろうぜ〟とか言っちゃうんだから、絶対に終わったら〝んじゃな〟って、一人でシャワー浴びて帰っちゃうタイプだと思うよな〜っ』

あんなに酷いことされたのに。

散々苛《いじ》められたのは確かなのに。

誤解されて侮辱されて。

本当だったら…もう死んじゃいたいよって思うぐらい、貶《おとし》められたのに。

僕は〝こいつ最低〟って…思えなくなってる。

目を瞑ってろって…言われた瞬間から。

あの一言に、胸がジンっ…て、してから。

なんてイイ人なんだろう…とまでは、さすがに思えないけど。

もしかしたら……僕が思ったような人じゃ…ないのかもしれないって、思い始めてる。

『……あ…瞼が揺れた』

僕が寝顔をジーッと見ていたら、英二さんはその視線に起こされたみたいに目を開けた。

『どうしよう！』

僕は、抱かれたままで顔を合わせるのが恥ずかしくって、英二さんの腕から離れようとした。

「……………ん？　どこいくんだよ」

けど、英二さんの腕はそれを許してくれなかった。

逆に肩をガッチリと掴まれて引き寄せられちゃって。

「まだ起きねぇほうがいいぞ」

ベッドに寝かしつけられそうになって。

僕は、不意に怖さが込み上げてきて、英二さんの腕を力任せに押し退けた。

「なっ…いやっ!!」

と、その瞬間。

「――――――ひぃ…痛いーぃっっっっ！」

力の入った体に…っていうより腰に。

いや…もう、あからさまに〝お尻〟に激痛が走って、僕は悲鳴を上げてその場にうずくまった。

『痛いよ痛いよ痛いよーっっっっっ』

どうして？

なんでこんなに？

僕は自問に自答が見つけられないまま、あまりの痛さに泣き伏した。

「だから〝まだ起きねぇほうがいいぞ〟って言ったのに。人の言うこと聞かねぇからだよ」

英二さんは呆《あき》れた口調でそう言うと、蹲《うずくま》った僕の体に手を伸ばしてきて、腰の辺りを撫でつけた。

「………っ！」

僕は、この痛い状態でまだなにかされるの？　って思うと、怯えて声も出せなかった。

『――――――え？』

でも、その手はそんなつもりで置かれたものではないことがすぐにわかった。

英二さんの手は、ゆっくりと上下するだけで、僕の腰を撫でつけるだけで、他には何もしてこなかった。

「ほら、気休めにしかなんねぇけど。さすっててやるから、少し休んでろ」

それどころか、僕の体を…気遣《きづか》ってくれてるの？

この……起きてる英二さんが？

『……嘘みたい。やっぱり昨夜の人とは別人みたいだ』

けど、英二さんは何も言わずに、しばらく同じ動作を繰り返してた。

それはたしかに〝気休め〟なんだろうけど。

僕は、英二さんに撫でられてると、不思議と痛みが和《やわ》らいだような気になる。

『……あーん。でも痛みが落ち着いてきたら今度は恥ずかしいよぉっっっ』

ラブホでヤラれてバックヴァージン取られて。

あげくに翌朝お尻撫でられるなんて、信じらんないよっっっっ！

『って、翌朝!? 朝っっっ! しまった! 何ボサッとしてたんだろう。僕…家に連絡してない! 無断外泊しちゃったよ!! しかも…しかも今日は月曜日じゃんよ! 学校じゃんよーっっっ!』

そうじゃなくってもここ最近、バイトで帰りが遅くなりはじめてから、父さんや母さんに門限をどうこうって言われてたのにっ!!

ましてや最大のフォローをしてくれるはずの葉月にだって、昨夜は連絡入れてないよっっっ!!

『………やばい……』

僕は、内心十字を切った。

怒られる…なんて域なら、こんなに〝やばい〟とは思わない。

けど、これは…もう〝怒られる〟を通り越して〝凄い騒ぎになっているに違いない!〟って予感が、僕に渦巻いたから。

〝あなたっ! 菜月が…菜月がとうとう一晩帰ってこないわよっ〟

〝なんだってダーリン! それは誘拐か!? 事故か!? 神隠しか!?〟

〝警察…警察に行こうよ! 菜っちゃんが…菜っちゃんが僕にも連絡よこさないで一晩帰ってこないなんて! きっとなんか大事件が起こったんだよっ! 警察ーっっっ!!〟

僕の脳裏に、多分《たぶん》九十九パーセント外れていないだろう家族の様子が克明《こくめい》に浮かんだ。

「…………どうしよう……」

僕は、いまさら思い出した家のことに動揺しちゃって、英二さんにすっごい情けない顔を向けた。

「………ん？　どうした？　便所か？」

「ちがうよ…そんなんじゃないよっ！　僕…帰るつもりでいたから家に連絡してないの。二時間でココ出るつもりでいたから…」

そう…ココに入ったのはたしか八時ぐらいだったから、どんなに遅くなっても終電には余裕で乗れるはずだったんだ。

もちろん、家に午前様なんてことには絶対にならないはずだったんだ！

帰らないなんて、考えてもみなかったんだーっっっ!!

「どうしよう。警察に捜索願いとか出されてるかもしれない…………」

そんな、今どきの高校生が一晩ぐらい家を空《あ》けたぐらいで…って、笑われそうだけど。

これでも今日まで素行のよかった僕としては、親の信頼は守ってきたほうで……。

どんなに突発で遅くなるときにも、葉月にだけは連絡入れて〝フォローしてぇ〜〟って泣きついてきたんだ。

「どうしよう…どうしようっっっ!!」

「…………別にどうにもならないと思うぜ」

「他人《ひと》ごとだと思って！　さらって答えないでよっ！」

早く帰らなきゃ！　連絡しなきゃ！

でも…どうやって事情を説明すればいいの!?

『口が裂けたって、男とラブホで一泊しましたなんて説明できないよーっっっ！』

僕は、わたわたとしながらベッドを下りようとした。

けど、それは僕の今の体には鞭《むち》を打つようなもので………。

「いったーいっっっっっ」

僕はやっぱりベッドから下りられなくって、蹲ってヒーヒー泣いた。

「学習能力まるでなしだな、お前」

「誰のせいだと思ってるんだよっ」

こんなにこんなに、僕が痛くてつらいのは！

僕は、泣きながら英二さんを睨みつけた。

「あーあー悪かったよ。全部とまではいかねぇけど、三割ぐらいは俺が悪《わ》りぃよ」

だけど、所詮《しょせん》はこのあしらい。

「なっ…三割!?　ふざけるなっ！　どう考えたってお前が百二十パーセント悪いよーっっっ！　僕をこんなにしやがってでっ！」

しかも、こうなったのには〝かなり自分も悪いんだ〟って自覚がありながら、僕は英二さんに八つ当たりしまくった。

でも、英二さんはそんな僕を無理やり抱き寄せると。

「まぁ…たしかにな。ココの部分に関してだけは、俺の非を認めてやるよ。突っこんでみるまでお前が処女だって見抜けなかったのは、俺の落ち度だ。人生最大の失態だ。ま、そもそも男のケツは初めてだから、どっちにしろ突っこんでみるまでは、わからなかったかもしれねぇけどな」

そう言ってニヤッ…てしながら、お尻を撫でた。

「…………最低っ」

やっぱり…やっぱり最低っ！

もしかしたらなんて、ことはなかった！

僕がこんなに困ってるのに。

こんなにこんなに困ってるのに。鬼っーっっっ！

「その代わり、ちゃんと菜月の家にはフォローの電話を入れといてやったって。どうせ、まともな時間には帰せないって…昨夜の段階でわかってたからな」

「――――――えっ!?」

今…なんて言った!?

「フォ…ッ…フォローの電話ぁ!?　しかも僕の家にぃ!?」

僕は、聞き返しながらも我が耳を疑った。

「ああ。悪いとは思ったけど…菜月の持ち物、調べさせてもらったぜ。そしたら手帳が入ってて、自宅だのアルバイト先だの、そりゃまぁ実に細々《こまごま》したデータが書きこんであったから。十一時回ってたけど、心配させるよりはいいと思って。お袋さんに〝息子さんは今夜は帰れません〟って電話入れといたんだよ」

英二さんは、俺って気が利く男だろう？　って顔をしながら、僕のお尻を撫で続けてた。

「…………いっ…入れといたんだよって…なんて言って!?　どう言い訳して!?　一体自分のことを僕の母さんに、なんて説明したんだよ！」

僕は叫んでいるうちに、なんだか〝お尻のほう〟より〝頭のほう〟がガンガン・クラクラして痛くなってきた。

「正直に言ったさ。菜月くんとは〝アルバイト関係〟で知り合った者なんですけど、偶然渋谷で出会ったんで、ご一緒してましたって」

「――――なっ！」

「ただ…飲食中にうっかり自分のジュースと俺の酒を間違えて飲んじまって、帰りがけに酔っ払って駅の階段から落っこちて、〝腰砕け〟起こしてるんで今夜はうちで預かりますって」

「……なっ…なにっ!?」

「おまけにどのみち、今日の学校は無理だと思うんで、昼ごろにゆっくり送って行きますからご心配なさらないでください…って。もし心配ならいつでも電話をかけてくれって、自宅のナンバー教えといたから。なんかありゃ電話がかかってくんだろう」

「――――かっ…かかってくんだろうって。かかってきたらどうするつもりなんだよ！　ココはラブホで、自宅じゃないじゃないか！」

「そんなもん俺の持ってる携帯に転送されてくっから問題ねぇよ。携帯番号じゃ信用ねぇだろうと思ったから、わざわざ自宅のナンバー明かしたんだぜ。な、後日にまで気を遣った、カンペキなフォローだろう？」

「————うっ」

さすが…大人。

ズル賢いっていうか、パターン慣れしているっていうか。

完璧っていや、完璧だけど。これを完璧とは認めたくないのが人情ってもので………。

僕は、ヘロっとして嘘八百並べただろう英二さんを横目に、言葉をなくして溜め息を吐いた。

「まぁ、お前のうちにどんな家族がいるのかはわからねぇから…これでもかなり気は遣ったぜ。俺にしちゃ、過去最高のサービス精神だな」

「サッ…サービスって、それって…そういう言葉遣いする？　普通!?」

「ならほっといてよかったのかよ。無断外泊で警察に捜索願いで。それとも約束どおり二時間でコを出て、家に帰ったほうがよかったか？　俺としちゃどっちでもいいけど、お前どうやって親にフォローすんの？　あのよがり狂った状態で」

「————」

「まさか親父やお袋に向かって〝もっとぉ〜〟なんて色っぽい声、出すわけにいかねぇだろう？」

ん？　って、ニヤニヤしながら、英二さんは僕のお尻をツンってつついた。

僕は、返す言葉がない代わりに、とうとう英二さんの頬に向けて手を振り上げた。

次の瞬間、その手はパチン！　って頬にジャストミートして。

「――――――――!!」

僕は、てっきり避けると思ってたから…逆にビックリさせられた。

『どうして――――――!?』

だって、避けようと思えば簡単に避けられたはずなのに。

僕の手を、はたき落とすことだって簡単だったはずなのに。

「なんで、黙って叩かれるんだよ！」

僕は、避けられたら避けられたで悔しいだろうに、わざと叩かれた英二さんにも腹が立った。

なんで、僕の気持ち…今日はこんなに矛盾してるんだろう？

「一応…ペナルティは感じてるからな」

「ペナルティ!?」

僕は、言葉の意味がわからなくって、英二さんに聞き返した。

すると、英二さんは不意に僕から視線を逸《そ》らし、所々に血痕《けっこん》の残ったベッドカバーを眺めて微苦笑を浮かべた。

「言っただろう？　お前の処女を見抜けなかったのは、人生最大の失態だって」

「――――――――!!」

「場面場面で、微かにだが〝まさかな…〟とは思ったんだ。けど…お前堂々としてたところもあるから…まるっきり初めてだとは思わなかった。それどころか、可愛い面して男を誑《たぶら》かしやがって。どうせ二股三股かけてるうちにややこしいことになって、それを精算するために三日間の恋人なんて訳のわかんねぇことを言ってるんだ…と、思ってた。なんて質《たち》の悪いガキだ。そんなガキに声をかけられるなんて、俺も嘗められたもんだって。腹が立って…懲《こ》らしめてやろうと思って、容赦なく苛めちまった」

「………英二さん」

「苛める前に…もうちょっと話を聞いてやりゃ、こんなオチにはならなかったのにな」

そうか…。

そうなんだ…って、僕は〝僕を見ようとしない〟英二さんから、彼の真意を悟った。

「本当にどっかで酒でも飲まして、ちょっとばっか口を軽くしてやりゃあ…菜月なら一発でベラベラ喋っただろうよ。なんで金を払ってまで、俺にあんな頼み事をしたのか……。誰に対しての腹癒《い》せなんだか、それとも未練なんだか。素面《しらふ》じゃ言いたくないぐらい、生真面目な訳ってやつをさ」

英二さんのこんな態度は、僕に対する気遣いでもなければ、サービス精神でもなく、単なる〝謝罪行為の一環〟なんだ。

「わけありの処女なんて、遊び人の俺には荷が重すぎるからな。本当なら絶対に手なんか出さないのがモットーなんだが。気づいたときにはあのジェルのおかげで、引くに引けなくなっちまった」

僕が…僕が英二さんが誤解したようなイケイケな奴じゃなかったから。

英二さんが勘違いしてたような…遊び慣れた奴じゃなかったから。

「まさか値段以上に威力を発揮するなんて、思わなかったからな〜。せめて俺にセーブが利きゃ、もう少しやり方変えてやったんだけど…まぁ悲しいかな、これも野郎の性《さが》だ」

しまった！　勘違いだった！　失態だった！　とか思って。

おまけに、あのジェルの変な効果も作用してて、引くに引けなくって。

「熱くなったが最後、止められなかった。特に…お前みたいなのに泣かれて、〝もっともっと〟とせがまれれば、いやおうなしにも血肉が騒ぐ。たとえそれがジェルのせいでも。他の………」

だからキスもしてくれて。

優しく抱き締めてくれて。

「………他の？」

だから、僕は、なんでこんなこと思ってるんだろう!?

こんなこと…今考えてるんだろう!?

「他の男の、身代わりでも――――」

英二さんが何を思って、何を考えても、僕には関係のないことなのに。

「俺には、菜月を抱くのを…止められなかった」

『………英二さん』

「悪かったな。セーブの利かない男で」

英二さんは、そう言うと逸らした視線を僕に戻し、そっと手を差し伸べてきた。

大きな手の平が、僕の髪を幾度《いくど》か撫でる。

温かくって、優しい仕草。

「初めてが……よりによって、俺みたいな男でさ」

けど、英二さんが優しくなれば優しくなるほど、僕は胸がズキズキと痛むのを感じた。

「……あっ……謝らないでよ」

傍若無人《ぼうじゃくぶじん》で傲慢で。

嫌がることを目一杯されて苦しめられて。

号泣させられた昨夜より――。

「それこそ…今ごろ謝られたって…僕の立場がないじゃんか」

英二さんには似合わない。

呵責《かしゃく》の言葉と表情を、僕に向けられることのほうが。

どうしてだかわからないけど、胸が、締めつけられるみたいに痛かった。

「……誘っちゃったのは…僕なんだから」

僕は、そんな痛みを消し去りたくって、撫でる英二さんの手を振り払って視線を逸らした。

「これで三日間お願いしますって言ったのは僕なんだから。だから、謝るより三日間のアルバイトを、完璧にこなしてよ！　それだけきちんとしてくれれば、僕は英二さんのこと恨んだり根に持ったりなんかしないよ！」

そして、これはあくまでも〝バイト契約なんだから！〟って、英二さんにも、自分自身にも言い聞かせた。

「………………葉月」

「三日間……っていっても、立て続けじゃないですけど」

そう…三日間。

勢いとはいえ、既成事実までできちゃったんだから…それだけの時間があれば、葉月にだって納得してもらえる。

直先輩にも、お互いさまだったんだから気にすることもないんだって…思ってもらえる。

きっと、葉月は僕の不貞を先輩に謝りたおす形にはなるんだろうけど。

先輩にだって心変わりした事実があるんだから、葉月が謝る必要はないって…言ってくれる。

『………………僕のことさえ落ち着けば、好きな者同士が…葉月と先輩が寄り添える』

それさえ見届けられれば、僕はこのつらさからも苦しさからも、悲しさからも解放される。

そのために…僕は英二さんにこんな馬鹿なことを頼んだんだから。

だから、僕が今以上に胸を痛めることはない。

英二さんだって、僕に負い目を感じることもない。

「半月ぐらいの間に…三回だけ会って下さい。とにかく、会っている間恋人としてふるまってくれれば、それでチャラでいいから」

昨夜のことは、お金を受け取ってもらう代わりの〝契約〟なんだから――。

「チャラねぇ。なんだよ、本当にそれでいいのかよ」

なのに、英二さんは僕の気持ちも知らないで、ヘラッて笑った。

「俺は、一生責任とってやろうって気分なのに」

ヘラって笑って、気安く〝一生〟なんて言葉を吐いた。

「三日間で結構ですっ！」

冗談じゃないよ！

「僕は、そこまで根に持つようなオトコじゃない！　冗談じゃないよ!!

たかがバックバージン一つで、一生同情なんかされてたまるか！

「三日以上のアルバイトは必要ないです！　だから、英二さんも変な、似合わない気を遣ったり、気を回したりしないで下さいっ！」

僕は、憤慨しながら叫んでた。

三日以上、お前なんか必要ない！

事がすみさえすれば、僕のことなんか忘れてくれ！　って。

「……結構、つれない奴なんだな、菜月って」

「普通は〝さっぱりしてて、割りきりのいい奴で助かった〟でしょ！」

「……まぁ…そう言われるとそうだけどな」

英二さんは、開き直ってる僕を見ながら、しばらく一人でクスクスと笑ってた。

その笑みの意図なんか僕にはわからないけど、最悪に気まずいって空気だけは避けられたから、僕はそれでよしとしてしまった。

ああ…本当に僕って、割りきりのいい奴かも。


そしてその後——僕は、少しだけお尻の痛みが治まってから、帰り支度《じたく》を始めた。

僕は、恥ずかしさに奥歯を噛み締めながら、英二さんに体を支えてもらってシャワーを浴びた。

「ほら。昨夜はたっぷり汗かいたんだから、しっかり洗っとかないとな♡」

……っていうより、体も洗われたっ！

『ううっっっ』

はっきりいって、犯されるより恥ずかしかった。

けど、僕の〝恥ずかしい〟は、それだけに止《とど》まらなかった。

「なぁ菜月、このままお医者さんゴッコすっか？　イメクラっぽくって、また燃えるかもよ」

「英二さんっっっっ！」

僕は、英二さんが〝ホテルの従業員にチップを払って（脅かして？）買わせに行った〟という軟《なん》膏《こう》薬をお尻に塗られて、簡単な治療をしてもらったんだ。

『とんでもねぇことするよな！　この男は本当に。普通行かすか!?　薬局にラブホの従業員を！』

しかも、治療のあとには英二さんの言うところの〝着せ替えゴッコ〟があって。

「取りあえず表に出て替えを買うまでは、コレで我慢しとけよ」

僕は、着替えを手伝われた上に、昨夜引き裂かれたTシャツの代わりに〝英二さんの着ていたシャツ〟を着せられたんだ。

それは、肩は落ちるし、丈《たけ》は長いし。

まるで、俺とお前はこれだけサイズが違うんだって、無言で見せつけられたみたいに。

『こっ…これじゃあ僕…本当にただの受け子じゃんよ！』

でも、〝極めつけ〟はそんなもんじゃなかった。

英二さんは、いざホテルを出るってときになると、ニヤッて笑って僕に言い放ったんだ。

「一番、腰を抱えられて歩く。二番、お姫様抱っこ。三番、おんぶ。さぁどれがいい？」

「――――――――!!」

絶対に、絶対に英二さんは、僕が恥ずかしがるのを楽しんでる。

「俺のお勧めとしちゃ三番だな。一番ホモっぽく見えねぇ……と思う」

「大きなお世話だ！　自力で歩くよっ！」

僕は、もういいかげんにしろよ！　って気持ちでベッドから立ち上がって歩きだそうとした。

「――――――っ!!」

けど、結果は再三同じオチ。

僕は、多少は治まったように思ったから勢いよく立ち上がったんだけど、それが災いした。

見事なぐらい激痛に復活されて、その場で四つん這いになった。

『なんで…なんでこんなに痛いのぉ？　よく処女喪失すると蟹股《がにまた》になるとかっていうけど…これって、それ以前の問題じゃないのぉ!?』

悲鳴を飲みこみながら、敷き詰めてある絨毯《じゅうたん》に爪を立てた。

「……………やれやれ」

と、目の前にオフホワイトの広い背中が、ストンって下りてきた。

それは、夏物のジャケットだけを羽織《はお》った、英二さんのもの。

「だから人の好意は素直に受けろって、さっきっから言ってんのに。ほら、のんびりしてるとすぐに昼だからな。これ以上の延長料金は勘弁《かんべん》しろよ」

『……………卑怯者っ』

僕は、昨夜から何度英二さんに向かって、この言葉を思い浮かべただろう。

『延長料金なんて、いまさらのことじゃないか』

でも、そう言われたら仕方がないし。腰砕けはどうにもならないし。

僕は、向けられた背中と肩に渋々と手をかけた。

手の平には、麻の感触の内側から、英二さんの体温が伝わってくる――――。

「……いい子だ。そのまま抱きついて、病人のフリでもしてろ」

わざとらしい英二さんの言葉に、僕はプッと頰を膨《ふく》らました。

『フリなんかしなくったって、僕は立派に病（怪我《けが》？）人だよ』

なのに、僕の機嫌《きげん》なんか英二さんは〝全然っ〟気にしてなくって。

僕をしっかりとおぶると、よろめきもせずにスッと立ち上がった。

「んじゃ行くぞ」

って言って、スタスタと歩いてホテルを出た――――。


『つたく、この年になって〝おんぶ〟されるなんて……』

長いコンパスで英二さんが歩く度に、僕の体はフワフワした。

『そりゃ抱っこされるよりはいいけどさ。でも、真っ昼間の渋谷の街中だぞっ！』

その歩行リズムは、まるで英二さんの心音みたいに僕の体に伝わってきた。

『……みんな…みんなが僕達をジロジロ見てるのに』

とん…とん…とん…とんって。

『どうして…この人は、こんなことが堂々とできちゃうの？』

不意にわき起こった疑問は、僕の鼓動を高ぶらせた。

『処女喪失への呵責だけで、こんなことができる人だったのかな――――――？』

英二さんの背中に、ドキン・ドキン・ドキンって僕の鼓動を響かせた。

『――――――それとも』

「なぁ、菜月。ところで服はどこで買う？　好きなブランドがあったら言ってみな。このまま店に寄って買ってやるから」

けど、僕のそんなドキンは、なにげない英二さんの言葉に撃沈した。

「は!?　どこに寄るって!?」

今なんつった？　なんつった？　なんつったー？？？？

「だからそれはお前が決めろよ。破いたシャツの代わりを買ってやるって言っただろう」

「――――――!!　いっ…言っただろうって…、今のこのカッコで、一体どんな店に入ろうっていうんだよ！　服なんかどうでもいいから、これ以上僕を人目に晒《さら》さないでよ！」

「なんだチャチなこと気にしやがって。せっかく買ってやろうと思ったのに。んじゃ次にすっか」

『………チャチ…な、ことなの？　この状態が!?』

僕は、そのとき。

英二さんが〝呵責〟だけでこんなことを堂々としているんじゃなくって。

「あ…そういや腹減ったよな。菜月、飯はどうする？　どうせだからなんか食ってこうぜ」

僕への…ちょっとした好意があるからしてるんじゃなくって。

「それもいいから。僕を早く家に帰してっ」

「なんだよ、いまさら遠慮なんかしやがって。いいからなんか食ってこうぜ。体力使ったから肉でも食ってくか♡」

ただ見た目より〝なんも考えてない人〟なんだって、思い知った。

「お前が選ばないなら、俺が勝手に店選ぶからな」

英二さんは、多分この容姿のために元々人から注目されることには慣れていて、いまさらどんなふうに見られても、〝他人の目〟なんか気にならない人だったんだ……って。

『僕…もしかしたらバイトを頼む相手を、根本的に間違えたんだろうか？』

でも、そんなことを気にしていた僕も、結局真っ昼間っから極上なステーキを奢《おご》られると……。

「これ美味《おい》しい♡　なんか元気出そう♡」

「だろう！　やっぱ体力回復するなら肉に限るぜ」

目茶苦茶ご機嫌にされてから家に送られた。

くーっ………情けないよっ!!

3

帰りがけのタクシーの中で、僕は英二さんと〝三日間〟のアルバイト契約について、簡単な打ち合わせをした。

英二さんは、昨夜僕が先輩のことを口走ったことから、なんとなく事情を察したんだろうか？

連絡できる住所や電話番号を教えてくれると、あとは黙って僕に指示を求めてきた。


「んじゃ取りあえず、今現在明確な俺の出勤予定は。明日の放課後に菜月の高校に出向いて行って、キャーステキぃ♡　一体誰の恋人なのかしらぁ？　と騒がれながら、菜月の前に現れりゃいいんだな。なんか一昔前のチンプな少女漫画みてぇなシチュエーションだな」

でも、英二さんは持っていた最新の携帯電話に、僕が頼んだことをメモしながら、思いっきり呆れ返った口調だった。

「悪かったたなチンプな設定で！　でも、誰もキャーステキぃなんて英二さんには騒がないから、安心していいよ。僕の高校はバリバリの男子校！　しかも八割体育界系だから！」

「うげっ。菜月って、もしかして学校でも〝受け子〟なのか？　アイドル系ってやつ？」

しかも、怪訝そうに失礼なことを聞きながら、改まったように僕を見る。

「そんなんじゃないよ。そりゃ…ちょっとは見た目のおかげで珍重《ちんちょう》されてるけど」

僕は、お腹がいっぱいで元気になったせいもあって、英二さんに対してはとことん開き直っていた。

「まぁ…悪かねぇけどよ。キャーって騒がれない代わりに、怖い上級生のお兄さんとかに、〝俺達の菜月に近寄んじゃねぇよ〟とか、因縁《いんねん》つけられたりしねぇだろぅな。俺は嫌だぞ、ホモの怨恨でニュース沙汰《ざた》になるのは。近ごろの高校生はマジに怖いからな」

「それも安心していいよ。英二さんの強面に絡める強者《つわもの》なんて、うちの高校にはいないから」

「どういう意味だよ、それ」

「だって本当のことだもん。英二さんの顔、怖いもん」

まるで、もうずっと前からの知り合いみたいに、言いたいことを言っていた。

「失礼な奴だな本当に。テメェでナンパしておいてその言い草だもんな。それでアッシーにこいっていうんだから、菜月の性格もすげえよな」

でも、それは英二さんも同じみたいで。

こんな会話のときは、特別に鬼畜でもなければ、呵責めいた表情も見せなかった。

「アッシーしてなんて言ってないでしょ！　ただちょっと顔を出してくれて、最寄りの駅まで一緒に下校してくれるだけでいいんだから。十分ぐらい歩いてくれればそれで終わりだよ！」

「あ!?　十分だと!?　じゃ何か!?　たかが十分のために、俺は世田谷《せたがや》くんだりから、お前の通う横《よこ》浜《はま》の高校まで呼びつけられるのか？　それこそ可愛い顔して、すんげぇ人使いの荒さじゃねぇか。お前…実はマグロじゃなくって、女王様なんじゃないの？」

それどころか、なんとなくだけど、これが〝英二さんの素〟なのかな？　って感じるぐらい、英二さんも僕には構えがなくなってた。

「だから〝悪いから日当払う〟って言ったんだよ！　僕だって英二さんがどこの人だか知らないんだから、こんなお願いすっごく失礼だし悪いと思ってるよ！　最低の交通費は保証しようって思ってたよ！　でも、別な形で先付け取ったのそっちなんだから、文句言わずに絶対きてよねっ！」

「────さっ…先付けって言うなよ、先付けって」

「だって本当のことだもん。英二さんが、自分で〝ペナルティ〟だって認めたんだもん」

「わかったよ。ちぇっ…飯食ったらすっかり人格変わりやがって。俺もすげぇガキに惚れちまったもんだよな」

ただ…そのせいか、日頃のナンパぶりが窺《うかが》えるぐらい、サラッてこんなことを僕に言う。

「今から〝恋人の準備〟しなくったっていいよ。素直にこのガキゃ！　って言えば」

おかげで僕まで、短時間でこんな切り返しが身についた。

ああ…直先輩に〝元気で可愛いね♡〟って言われてた僕は、一体どこにいったんだか。

これじゃ本当に、口の減らないただのガキじゃん。

『やっぱ…僕って、先輩の前ではかなり頑張ってブリブリしてたのかな？』

それとも臨機応変な、社交性溢れる人格者？　んなわけないか。

「つたく…このガキゃ。契約期間が過ぎたら覚えてろよ」

ただ…ただささ。

「バイトが終わったらロング・グッパイだから、忘れちゃうよ」

英二さんはなんとなくだけど、〝こういう僕だから〟うちとけて、地を見せてくれてるような気がした。

「だったら忘れられねぇようにしてやるよ！」

だから、僕も特別に気を遣うのは止めにしたんだ。

「忘れたほうが、英二さんのためなんじゃないの？　僕、ペナルティを盾に取って、とことん女王様になっちゃうかもよ」

「…………くーっ‼　本当に口の減らねぇガキだな、お前っ！」

「英二さんも大人のわりには口数が多いよね。黙ってれば目茶苦茶渋くてカッコイイのに。口開いたらガキ大将みたい」

葉月と話でもしてるみたいに。

素のまんまの僕で接してようって。

「ガキにガキ大将と言われる筋合いはねぇよ。あ…それより、住所はこの辺りだろう？　自分家《ち》はどこなんだ。しっかり案内しねぇと通り過ぎるぞ」

「あ…そうだ。あそこ！　あの四つ角を右側に曲がって四軒目の家！」

「馬鹿野郎っ…標識が見えねぇのか！　そこは右折禁止だろうに！」

「え!?　そうなの？　だって僕免許なんか持ってないから、そんな標識しらないもん。いつも歩いて曲がってるし」

「そういうのを歩行者感覚っていうんだよ！　タクシー乗客の迷惑ナンバー1ってやつ」

「めっ…悪かったな迷惑客でっ！　そんなのナンパしまくって女の迷惑ナンバー1になってるだろう英二さんに比べたら、全然たいしたことないじゃんよ！」

「失礼なこと言ってんじゃねぇよ！　俺は女に迷惑かけられたって、かけたことなんか一度もネェよ！　そんな下手な遊びなんかしねぇよ！」

「…………最低。そんなの全然自慢になんないじゃん。スケコマシっ」

「――――――っ！」

でも、あまりに二人とも地を出しすぎたのか、最初は呆れてた運転手さんも、最後には肩を震わせて必死に爆笑を堪えていた。

「…………すいません運転手さん。次の右折で一回りして、手前の道に戻って下さい」

「――――はいっっ」

英二さんも、さすがに他人に笑われて恥ずかしくなったのか、最後にはしおらしくなってタクシーを止めた。

僕は、意味もなく〝勝ったー♡〟とか思いながらタクシーを下りると、あとから降りた英二さんにお尻を叩かれて玉砕した。

『卑怯者っっっっっっ!!』

「あ、すいません運転手さん。こいつを届けたら、俺駅まで乗っていきますから。前でちょっと待ってて下さい」

「はい。わかりました」

英二さんはシラーッとした顔で僕のことを小脇に抱えると、門を開いて玄関先で僕を下ろした。

と、何を思ったかスッとインターホンを押して……。

「ちょっ！　英二さんっ何してるの!?」

「見てわかんねぇのかよ。菜月のお袋さんに挨拶するんだよ。送り届けるって約束したしな」

「えーっっっ!!　僕のお母さんに会うつもりなのっ!?　嘘でしょ、冗談じゃないよ！」

僕、お尻抱えてるのにっっっっ!!

「――――菜っちゃん!?」

けど、無情にも扉は勢いよく開かれた。

「はっ…葉月っ!?」

しかも、学校はどうしたんだよお前っ！　って、葉月に。

「お母さんっっ！　菜っちゃん帰ってきたよ!!」

「本当！　菜月がっ！」

うわーっっ母さんが走ってくるっ!!　やっぱりいかにも大騒ぎしてましたって状態だっ!!

葉月も、きっと今日は僕の帰りを待って学校サボったんだ！

「先輩っ！　先輩も、菜っちゃん帰ってきたーっっっ」

「本当、葉月ちゃん！　菜月が帰ってきたのか？」

「――――――なっ……直先輩ぃ!?」

しかも…しかもしかも!!

なんでうちに直先輩までいるんだよーっっっっ！

「――――――菜月っ」

「――――――――――!!」

あげくに…なんで……こんなところで。

『僕を抱き締めるの？　先輩!?』

葉月がいるのに。

葉月が見てるのに。

そりゃ母さんが見てるのも大問題だけど、葉月が目の前にいるのにっっっ!!

「心配したんだぞ菜月！　昨夜…葉月ちゃんから泣きながら電話がかかってきて…一晩中眠れなかった。一体なんでこんなことに！　菜月がたった一人で外泊するなんて！」

なんでって…言われても。

先輩に説明なんか、できるわけないのにっ。

「そりゃ、心配かけてすいませんでした」

『────英二さん!?』

でも、でも。

僕が本当に焦らなきゃいけなかったのは、葉月が見てるってことより、どうやら背後に英二さんがいるんだってことだったらしい。

英二さんは、先輩の腕から引き離すように、僕の腕をひっぱると、

「俺が昨夜お電話した、早乙女英二です。お兄様ですか?」

って、先輩にわざとらしく聞いた。

『先輩って呼んでるのに…んなわけないじゃないかっ……あ…まさか!』

僕は、英二さんがギランって目つきで直先輩のことを見下ろしてるのを横目にすると、背筋にひやりとしたものが伝った。

『…………僕が…英二さんを〝先輩〟って呼んだから…。もしかして…確かめてるんだ!』

先輩が、直先輩が〝自分が身代わりにされた男〟なのかどうか!!

英二さんが、こんな馬鹿なことに巻きこまれたのが、〝もしかして、この男が元凶なのか!? あん!?〟とか思って!

『………やばぁ〜い。この英二さんの目つき！　完全に威嚇《いかく》に入ってるよっっっ!!』

その上、その上どうしてだか。

普段どっちかっていうと優美な風格さえある直先輩の顔まで、険《けわ》しくなってきた。

ねぇ、止《や》めようよそんな顔。

先輩には似合わないよ。

品行方正で容姿端麗で、学術優秀、さわやかスポーツマン。おまけに学園理事長ご子息の先輩には、英二さんみたいな野獣顔は絶対にできないし、似合わないんだからっっ！

「いいえ。違いますけど。僕は菜月と同じ学校の者ですが、この家には親しく出入りさせていただいてます。失礼ですが、早乙女さんのほうは…菜月とはどういうご関係ですか？」

ご関係なんて、聞かないでよ！

僕は、〝下手なこと言ったら殺す！〟ってぐらいの気合いで、英二さんの腕をギュッと掴んだ。

でも、先輩は僕のそんな仕草一つも見逃さずに、顔をピクッとさせる。

「俺は、昨夜もここに連絡したとおり、アルバイトで知り合ったもんだよ。今後は菜月とも、ここの家族とも、親しくしていく予定だから。おたくが家族じゃないなら、そこ退《ど》いてくれ。俺がわざわざ足を運んできて挨拶したいのは、〝学校の先輩〟じゃなくって〝菜月の家族〟だから」

「――――――！」

英二さんのぶっきらぼうな、いや、無礼この上ない言い方に、先輩の顔にピシピシピシッッッって、怒りが走った。

『こっ…こんな怖い顔の先輩、見たことないかも。日頃の温和さ、どこ行っちゃったのっ!?』

英二さんと直先輩の視線の間に、バリバリバリッて、火花が見える。

もう夏なのに。六月も終わろうとしてる時季なのに。

なんでうちの玄関先だけ、こんなに寒いの!?

『僕はお尻が痛いのにっっ!!　早くベッドに入りたいのにっっっ!!』

と、横からチョイチョイって、今度は葉月。

葉月は、僕の腕をひっぱると、

「ねぇ菜っちゃん。どういうこと?　この人、どなた!?」

って、小声で聞きながらニッコリ笑った。

『やばい…先輩がこのあしらいなもんだから、葉月…英二さんに敵意持っちゃったよ』

そう。

葉月の笑顔は、誰が見たって〝とびきりの笑顔〟なんだけど、こいつはこういうときが一番怖い。

「まさか…まさかだよねぇ～?　菜っちゃん♡」

葉月はなおもニコニコしながら、僕に〝まさかこの人のために先輩と別れたなんて、言わないよねぇ!〟って、目の奥の、奥のほーで、激怒してた。

『ひゃぁぁぁっっっっ……めっちゃ最悪っっっ。これじゃあ葉月に〝この人がダーリンだよ〟なんて紹介したら、信じる以前に即〝別れろっ！〟って叫ばれちゃうよっ!!』

なのに、英二さんは、そんな僕の内心冷や冷やブルブルなんか丸無視で。

先輩からプイッて顔を背《そむ》けると、今度は僕の隣に立った葉月に視線を移した。

すると、目の合った葉月の笑顔に後光が射《さ》す。

怖いよーっっっっ!!

「君は…菜月の双子のお兄さん？」

「いいえ。弟ですけど♡」

英二さんは、葉月のほうが弟だって知って、ちょっとギョッとした顔をしながら僕の方と見比べた。「ふーん。まぁ…わからないでもないか。菜月のほうが、お兄ちゃんね」

世話のかかる…とでもいいたげな顔。

それ、どういう反応なんだよ!!

「で、弟の君が、たしか葉月…くんか。はじめまして、早乙女英二です。今後ともよろしく」

「はじめまして。朝倉葉月です♡ 兄が昨夜は大変お世話に………なった方ですか？」

『葉月〜ぃ。語尾が…語尾があからさまに〝だったらただじゃおかねぇぞ！〟って言ってるよぉ』

先輩は先輩で英二さんが、葉月になんて答えるのか、ピリピリしながら耳を傾けてるし。

母さんは母さんでこの状態を見て、クスッ♡ て。

『駄目だ…あれは〝キャ♡ 修羅場!?〟って、他人《ひと》ごとを楽しんでるときの顔つきだーっっっ！』

さすがは息子二人を男子校に通わせておきながら、

〝もう彼氏はできたの？　できたら絶対に紹介してねん♡〟

とか、洒落《しゃれ》にならないこと言っちゃう母さんだっ!!

『どうしよう…。英二さんの口を塞《ふさ》ぐわけにもいかないしっ』

そんなことを考えてるうちに、英二さんは葉月に向かって、

「ああ…」

って答えてるし。

「お世話したっていうより、せざる得なかった…って状態だったからな。な、菜月」

おまけに話を僕にふってくるし！

「………えっ…うっ…うんっ」

僕が英二さんの言葉に、愛想笑いを浮かべながら肯定《こうてい》すると、葉月と先輩の目つきがいっそうムッとした。

『だからなんで、そこで二人が揃《そろ》いも揃ってそういう顔をするんだよっ！』

少しはホッとしろよ！

菜月の言うことは本当だったんだって。

菜月は先輩より、こういう男を好きになったんだって。

それも、見え見えな言い訳して外泊しちゃうぐらい。

こんな奴だったんだから、遠慮なんかすることないやって！

もう開き直って、菜月とのことはなかったことにして、好きな者同士で付き合おうって！

「昨夜は、お世話されるしかなかったから……うん」

僕は、愛想笑いを浮かべたまま、英二さんの腕に手を伸ばした。

葉月は、そんな僕に神々《こうごう》しい笑顔のまま切り返してくる。

「そう。じゃあやっぱり〝この方〟なんだね、菜っちゃん」

この人が、英二さんが、先輩と別れた元凶のダーリンなんだね〰〰〰〰〰〰〰って。

『ひぇーひぇーひぇーっっっっ』

昨夜のHと同じぐらい、葉月が怖いよぉぉぉぉぉ。

「そうなのかい？　菜月」

だから何も先輩までそういう聞き方しなくったっていいじゃんよっっ！

僕は、昨夜のうんぬんじゃなくって、それ以前の確認をとっているだろう葉月と先輩に対して、覚悟を決めて、

「そうだよ」

って、はっきりきっぱり言いきった。

「昨夜も、その前からも…。英二さんは、僕が今一番お世話になってて、よくしてもらってる人だから――――」

葉月は、笑顔のままで「そう」って答えて、英二さんを見た。

先輩は、怒気を押さえきれないって顔して「この人が――――ね」って、言いながら英二さんを睨みつけた。

英二さんは、そんな二人の思惑なんかどこ吹く風って顔で、空笑《そら》いを浮かべた。

「まぁまぁ、そうなんですか。本当にご迷惑おかけして。うちの菜月が申し訳ありませんでした」

そんな中に、まるで助け船を出してくれたみたいに、母さんの声が響く。

「あなたが昨夜、ご丁寧な電話を下さった早乙女さんなんですね」

「――――ええ。面識もないのに、夜分失礼とは思ったんですけど。お姉さんやご家族の方々が、心配されているだろうと思いまして」

あ？　お姉さん!?

「え？　お姉さん!?」

母さんの声と、僕の思考がほぼ同時に重なった。

「今日は、お母さんはいらっしゃらないんですか？　一応…昨夜のお詫びもかねて、ご挨拶していこうと思ったんですけど」

英二さんは、しらっちゃけた顔して、母さんに〝お母さん〟の所在を確かめた。

『――――しっ…しんじらんないっ！』

誰が誰の姉さんに見えるんだよっ！

その心の叫びは、恐らく葉月も先輩も一緒だったに違いない。

僕達は、一瞬前の険悪な空気も忘れて母さんと英二さんに見入ってしまった。

「あっ……あの、菜月の母は、私ですけど……」

「ええ！　そうなんですか!?　いや…すいません！　とても高校生のお子さんを持っているようには見えなかったんで。あ…失礼しました」

英二さんのシラシラじさは桁外《けたはず》れだった。

「お若いお母さんで、菜月が羨《うらや》ましいですね。お幾つのときのお子さんなんですか？」

でも、これが〝決め台詞《ぜりふ》〟だろうってときの視線には、目茶苦茶に気合いが入ってて。

一度捕らえたら絶対に逸らさせない――――って感じだった。

「はっ…はぁ。二十歳のときの子なんですけど………」

「ええ！　そうなんですか!?　信じらんねぇ…いえ。いってても俺の姉貴と同じぐらいかと思いました！　いや、俺の姉貴今年で二十七なんですけど………うわぁ。ご主人羨ましいなぁ〜」

しかも、わざとらしさにも拍車がかかってて。

母さんの頬は、その熱視線に焼かれたみたいに、見る見るうちに紅潮していった。

「まっ…まぁ！　いやだわもぉ早・乙・女くんったらぁ〜♡　でもそうなの、だからうちの主人も私のことダーリンなんて呼ぶのよ♡　もぉ、そんなところに立ってないで、お茶でも飲んで行きなさいよぉ」

『しっ…しんじらんないっ！　煽《おだ》てられて舞い上がってる母さんも母さんだけど、堂々と煽てる英二さんも英二さんだよっ！　このスケコマシっ！　ナンパ野郎っっっ！　僕の母さん落としてどうすんだよっ！』

「ほら菜月、お前のおドジために ご迷惑かけたんだから、ぜひ上がってもらって」

僕は、本気で家に上げようとして、英二さんの腕に手を伸ばした母さんを見ると、誰がそんなことさせるか！　って思って、英二さんの腕をひっぱった。

「――――――――！」

と、何を思ったんだろう？

ムッとしてる僕を見るなり、英二さんはフフ～ンって妖しい目笑《もくしょう》を浮かべる。

んでもって僕が掴んだ手に手を合わせると、

「なに？　やいてんの？」

って、僕にしか聞こえないような声で呟いた。

「――――ちっ…違うだろうっっ!!」

僕は思わず、そうじゃないだろう！　って叫んで英二さんの手を振り払った。

でも、カッとなって体に力が入ると、その反動が思いっきりお尻にきちゃって………。

「――――――ひぃっっ！」

僕は、顔を引きつらせながら玄関の扉にお尻を…。

いや、見栄があるからとりあえず〝腰〟を押さえて寄り掛かった。

「菜月！」

「菜っちゃん!?」

そんな僕の姿に、葉月と先輩の声がダブる。

『ひぇぇぇぇんっ。ヤラれてきたのがバレちゃうよぉぉっ』

僕はこの場をどうごまかそう!?　って必死に思う。

なのに、なのに………!!

英二さんはそんな僕をヒョイッてお姫様抱っこして、へーへーと言いきった。

「馬鹿、まだ痛むんだろう？　だから今日はおとなしくしてろって言ったのに」

『――――――!!』

僕達に、三方から矢のような視線が飛んできては突き刺さる。

特に、葉月と先輩の視線は毒でも塗ってあるみたいにヒリヒリとする。

「あ、すいませんお母さん。菜月の部屋はどこですか？　まだ患部が痛むみたいで、まともに歩けないんですよ。俺、運んでから帰りますから」

けど、英二さんはここでも人の目なんか全《まった》く気にしてなくって。

母さんは、英二さんのあまりの堂々ぶりに、変な詮索《せんさく》をする余地もなかったみたい。

「えっ…あ…そうなの。それは助かるわ。菜月のお部屋、二階なの。私や葉月だけじゃ連れて行くの危ないし」

母さんはそう言いながら、抱えられた僕の足からスニーカーを脱がした。

でも、先輩はそんな僕の腕を掴むと、

「だったら、僕が運びますよ。僕がいますから」

「――――!!」

って、英二さんの腕から僕を引き離そうとした。

「さぁおいで、菜月」

「…………」

先輩の視線と言葉に、僕の心がグラッ…ってした。

それは、僕にでもわかるぐらい、はっきりとした英二さんへの嫉妬で。

僕への独占欲で……。

『先輩……』

僕が、ずっと先輩から与えて欲しいって、求めて欲しいって、思い続けてきたものだった。

『直先輩っ』

ああ…僕、諦めきれてない。

まだ…まだこんなに直先輩が好きだ。

差し出された両手に、思わず抱きつきたい…抱き締められたいって衝動が生まれる。

けど――――。

「生憎《あいにく》だな。親切はありがたいけど、これは俺の役目だ。その手は引っこめろ」

そんな僕の心を見透かしたみたいに、英二さんは先輩の手を腕でつっぱねて。

僕をわざと遠ざけるように、先輩に自分の背中を向けた。

「なっ!! それは直先輩の役目だよ！」

今度は葉月が声を上げる。

「菜っちゃん！ 誰にも遠慮なんかいらないんだから、先輩に連れて行ってもらいなよ！」

「――――――――――――!!」

英二さんの、先輩に対する態度がそうとう気に入らなかったんだろう。

普段、他人の前では慎重な葉月が、感情のままに言葉を吐き出してる。

『誰にも…遠慮なんか!?』

でも、そのなにげない言葉は、僕が見失いかけていた事実を思い起こさせた。

先輩が大好きって思いを、先に裏切られたのは僕なんだってことを。

「英二さん…ごめんね。悪いけど、このまま二階まで運んで」

僕は、葉月からも先輩からも視線を逸らすように、英二さんの首に腕を絡めて抱き付いた。

「菜月！」

先輩の声が、どうして!? って叫んでる。

「菜っちゃん！」

葉月の声も、それに同じ。
だから、僕は英二さんの肩から二人のことを見下ろすと、
「………僕は…僕は誰にも遠慮なんかしてないよ」
って、ポツリと呟いた。
『そうだよ…。僕は…誰にも遠慮なんかしてない』
だって…。
なんで…なんで僕が誰かに遠慮しなくっちゃいけないの？
その〝誰〟って、一体誰のことなの!?
どうして葉月に〝遠慮なんかいらないんだから〟なんて、言われなきゃならないの？
それって…葉月にだって遠慮しないでいいよ…ってことなの？
それとも別れたって先輩なんだから、遠慮はいらないよ…ってことなの？
僕が…僕が二人に遠慮したって…そう思ってるってことなの!?
だから、だから先輩と別れたって思ってるってこと!?
「菜っちゃんっ!!」
「僕は……。僕は誰にも遠慮なんかしてない。だからこうして運んでもらうの」
冗談じゃないよっ！
僕はそんなお人好しじゃない！

僕にだって…意地ぐらいはあるんだよ！

恋人に心変わりされて、裏切られて、傷つけられて。

なんでその本人に〝遠慮〟しなきゃならないんだよ！

「英二さんに…運んでもらうの」

そう…この腕は、僕が抱かれるのに誰にも遠慮なんかいらないもん。

「菜っちゃん！」

これは〝契約〟だけど。

期日つきの恋人だけど。

でもその間だけは、僕がどんなふうにふるまったって、それを許してくれる人なんだもん。

「んじゃ、ご指名なんで。上がらせてもらうぜ」

英二さんは、葉月に向かってニヤって笑うと、つっぱりながらも泣きそうになってる僕を、それとなくギュッって抱き締め直してくれた。

まるで、頑張れよって言ってるみたいに。

負けんじゃねぇぞ…って、言ってるみたいに。

『……………英二さんっ』

昨夜は怖くて怖くて、逃げたくて逃げたくて仕方がなかった腕なのに。

一夜明けたぐらいで、どうしてこんなに、この腕が安らげるんだろう？

「……重くて…ごめんね」

僕は、わき起こる照れくささから、階段の途中《とちゅう》で呟いた。

英二さんは足を止めると、

「別に。お前の体重なら、兄弟まとめてだって軽く抱けるぜ」

「————!!」

「ただし…心はそういうわけにはいかないからな。どっかの誰かさんみたいに、まとめて抱くつもりなんかさらさらねぇけどな」

かなりキツイ言葉を返してきた。

『ああ…やっぱ怒ってるよ。双子と先輩の痴情の縺れに俺様を巻きこみやがって…って』

特に、狭間《はざま》にいるだろう先輩に対しての悪感情は、隠し立てもなくむき出されて。

僕はなんだか、先輩に対して罪悪感が込み上げる。

「だから、遠慮なく使え。俺の腕は〝菜月だけ〟のもんだ」

『…………え!?』

「俺の女王様は、お前だけだよ」

「————!!」

英二さんは、そう言うと前を歩く母さんの目を盗んで、いきなり僕にキスをしてきた。

Ｃｈｕ♡って。

それは、昨夜慰《なぐさ》めるようにしてくれた〝優しいもの〟とは違ってた。

僕に、何もかも忘れて、快楽だけに浸《ひた》れといわんばかりの〝激しいもの〟とも違った。

軽くて。悪戯《いたずら》っぽくて。唇をぶつけるだけのもので。

まるで、まるで本当の恋人同士が、じゃれ合ってするような、そんなキスだった。

『えっ……英二さん!?』

でも…でも。

納得できないよ！　って顔であとから上がってきた葉月には、しっかりと見られちゃって。

僕とも目が合っちゃって。

僕と葉月は、目が合ったまま蒼白になった。

「ってことだから、俺はお前のためには使われねぇからな、葉月！」

しかも、英二さんは唇を離すと葉月に向かって、とんでもないことを言いきった。

「――――――なっ!!」

葉月の蒼白な顔は、一瞬にして激怒で真っ赤になる。

僕は、ことのなりゆきに、ただただ絶句した。

「俺には、せいぜい遠慮しろよ」

「だっ…誰がお前なんかに！　お前こそ僕に遠慮しろよ！　なんなんだよその言い方は！　だいたい、菜っちゃんの部屋は僕の部屋でもあるんだから！　お前なんか入ったら、承知しないからっ！」

葉月は、英二さんに怒鳴り散らすと、身を翻《ひるがえ》して階段を駆け下りた。

その勢いから、葉月が家を飛び出していったのがわかる。

「────葉月ちゃん!?」

びっくりした先輩の声が聞こえる。

きっと、葉月を追いかけて、一緒に表に飛び出して行ったに違いない。

『はぁ………』

葉月が、憤死しそうな勢いで泣きわめいてる………ような感情が、僕の胸に伝わってくる。

どうして？　なんで!?　冗談じゃないよ！　なんで僕があんな言い方されるのさ!!　って。

『うん。まるっきり怒り方も発散の仕方も、僕と同じパターンだろうな』

ただ〝ああうるせぇ！〟の一言で片づけちゃうだろう英二さんと違って、あの優しい直先輩が、どうやってあの状態になった葉月を慰めるのか。

落ち着かせるのか。

うわー…考えただけでも大変そう…って気はするけど。

今後付き合うなら試練だよね。これぐらいは。

僕は、先輩に〝あそこまでテンション上がった姿〟は晒したことはなかったけどさ。付き合い短すぎて………って理由だけど。

『だけど…そうだよな。英二さんから受けるような扱いなんて、僕もだけど、葉月だってされたことがないんだから………ムキにもならされるよな』

僕達は、そこそこ見目のよい双子だってこともあって、いつも人からは可愛がられてきた。

愛されてきた。

大切に大切にされてきた。

本当に、幸せなぐらい〝他人から向けられる暴言〟には慣れてない。

「お前らのセットっておもしれぇな。怒り方もパターンもそっくりじゃん」

「英二さん…それ言いすぎだよ。そりゃ葉月が失礼な態度取ったのは僕も認めるし謝るけど…。けど、あの言い方は大人気《おとなげ》ないよっ」

「悪かったな、大人気なくって」

「なに言ってるの菜月。もとはといえばあなたが発端なんでしょう?」

英二さんを責める僕に、母さんの横やりが入る。

何もわかっていないはずなのに。

発せられた言葉が妙にタイミングがよくって、的《まと》を得ていて。

僕は胸にグサリときた。

『………確かに…そりゃ僕が発端ではあるけどさ』

でも、それは昨夜と今日のことであって元々は英二さんが………!!

『って、何言ってるんだよ。英二さんに非なんかないんだよ』

ことの始まりがどことは言いきれないけど。

多分、付き合い始めて一ヵ月…って段階で、僕が先輩をほったらかしてバイトに明け暮れてたのが悪いんだろう。

でも、〝それが気に入らない〟ってことを言ってくれないで、心変わりしちゃう先輩だって酷いと思う。

ただ…僕をフォローするつもりでいて。いつの間にか先輩から好きになられて。行き交《か》ううちに自分も好きになっちゃった葉月には、基本的に悪意なんかどこにもないだろう。

ましてや、こじれて縺れた関係を円満解決したいがために…浅はかな計画で英二さんをナンパして。結果的に男同士の痴情の渦中に、ノンケの英二さんを巻きこんでるのは僕なんだから。

やっぱり、発端は僕なんだろう。

「ごめんなさいね、早乙女くん」

母さんのなにげない謝罪は、まるで僕の代弁をしているみたいに聞こえた。

英二さんは、社交辞令みたいに笑って「いいえ」って、答えてたけど。

「さ、ここよ。右側が菜月のベッドだから」

僕は、結局ラブホのベッドから自分のベッドまで。

一歩たりともまともに歩かないで、英二さんに運ばれてきてしまった。

僕は、自分のベッドに下ろされると、なんか急にホッとした。

「じゃあな菜月。俺はタクシー待たせてあるから、今日はこれで」

そのあとには、また明日な…って、含みのある笑顔。

僕は〝うん…〟って小さく頷きながら、部屋を出て行く英二さんを見送った。

そんな僕に母さんは、

「じゃあ菜月、お母さん早乙女くんを表まで送ってくるから、横になる前に着替えておくのよ」

って、声をかけた。

「あ、その借りたシャツ！　それ以上絶対にシワにしちゃ駄目よ！　クリーニング出すから。あんたわかってないだろうけど、それ〝SOCIAL《ソシアル》〟っていう超高級ブランドよ！　ハンカチ一枚でも最低五千円！　シャツ一枚でも七万円はするんだから、間違ってもそのままゴロンなんて寝ないのよ！　いいわね！」

「────────いっ!!」

声をかけた…っていうより、脅しをかけた…って感じだったけど。

僕は、そんな馬鹿高い〝着せ替えゴッコ〟をさせられてたなんて知らなかったから、母さんがいなくなったあとに慌ててシャツを脱いだ。

『うへーっ。これで一枚七万!?　うっそぉ〜。僕のTシャツ何十枚買えるの!?　しかもしっかり、借り物着てたの…バレてるし』

……まぁ、気づくか普通の母親なら。

何せ、Tシャツ着て出て行った息子が、家にあるはずもないブランドもののシャツ着て帰ってきたんだもんな。おまけに一目でわかるぐらい〝サイズの違う〟やつ。

『でも…これで七万ねぇ〜。僕の一ヵ月のバイト代じゃ、英二さんの普段着っぽいシャツ一枚買えないのか〜』

僕は、お尻が痛いのも、葉月が飛び出して行ったのもしばし忘れて、〝どうりで着心地がいいと思ったシャツ〟を眺めながら、いまさら早乙女英二って何者だろう？　とか思った。

『タクシーを待たせるのも、慣れた感じだったよな。でも結構待たせただろうか、料金メーター上がっちゃって、とんでもないことになってるだろうなぁ〜』

そうじゃなくても、のっけからお茶代を払わせて。

宿泊プラス延長料金のかかったラブホテル代を払わせて。

お昼御飯に極上のステーキ奢らせて。

渋谷から僕の家、横浜くんだりまでタクシー走らせて。

「……僕が払おうとしたお金分ぐらいは……うっかりしてると使わせちゃったかも」

その上、断らなければ服まで買ってくれそうになって。

「金銭感覚違うって感じの使い方だったけど、大学生って言ってたよな。一体どういう家の人なんだろう？　見かけによらず、どこぞのお坊ちゃんなのかな？」

僕は、そんなことを思うと、まともに見もしないで手帳の間に挟んだ〝連絡先のメモ〟を取り出した。

「うわっ…住まいは南青山《みなみあおやま》のマンションだ。あれ？　でもさっきは世田谷からどうのこうの言ってたけど、あれってじゃあ大学がそっちのほうにでもあるってことなのかな？」

メモには、家の住所に電話番号。

携帯電話にEメールアドレスまで書かれていた。

「僕は、自分からは住所も電話番号も何も渡してないのに」

こうしてみると、英二さんは本当に僕に対して…っていうより、僕が〝初めて〟だったことに対して、責任を感じてるんだろうな。

「それにしても、真っ直ぐに家に戻るなら…またここから渋谷に帰る羽目になっちゃうんだ。悪いことしたなぁ〜。昨夜だって、もしかしたら家に帰る途中だったかもしれないのに」

僕は、ベッドにゴロリと横になりながら、借りてしまったシャツをまじまじと眺めると。

改めて、大きくて重い溜め息を吐きだした。

「ぶっきらぼうで傍若無人で、ガラはよくないしナンパだけど。英二さんは、誠意も責任感も…意外な細やかさもあるよな………」

大人気ないことは言うけど、やっぱり大人だなって気がする。

だからこその……子供《ぼく》への呵責。

『………今日はこれで…か。明日も…きてくれるんだよな…わざわざ僕の所に』

世田谷のどっかから、十分たらずのために横浜まで。

『葉月や先輩を納得させるなら…三日もあれば。三回ぐらいそれとなく会ってもらえば。それでどうにかなると思って頼んだけど。今日のこの最悪な状況を見たら、今日を入れて三日で十分です！　って感じだよな～。葉月ってば、思いっきり態度悪かったし。先輩まであんなに英二さんに…』

どうして今になって、嫉妬なんか見せるの？

独占欲なんか、見せるの？

ごめんなさいって言ったときは、わかったよ…って言ったくせに。

新しい人と…うまくいくといいねって、言ったくせに。

『これも、人間の心理ってやつなのかな？　先輩にも葉月にも、苦しんで欲しくないとか思いながら、反面では〝僕が苦しんでんだから、お前らもそれなりには苦しめよ！〟とか思っちゃう気持ちと一緒で。

『まぁ…それで突然八つ当たりされたとしても、英二さんは二人相手に全然負けてないどころか、勝ってたからいいけどさ』

先輩や葉月にとって、英二さんの見かけや態度、口調からしたら、絶対に〝僕みたいな子供が付き合う人〟としては違和感があるだろうし、危険そうで心配が先に立つんだろうな。

なんだかんだいって、二人とも僕には過保護だから。

『でも、貞操の危機は通り越しちゃったから、英二さんにこれ以上の危険なんかありえないし。正直いえば〝だからこそ選んだタイプ〟だもんな………』

とにかく、先輩に負けないぐらいカッコよくって、全く類似しない男性がよかった。

〝ああ…そっか。菜月の好みが急変したから、こういうことになったんだ〟

……って、先輩にも葉月にも簡単に思ってもらいたかったから。

『明日。英二さんに会ったら、あと二日間でいいですって…言おっかな。なんか…いろいろとしてもらったことを考えると、僕のお初ごときじゃ、これから三日も拘束するのは申し訳ない気がしてきたし………』

僕は、自分の中でまだ整理のできてない感情が多すぎて、あれこれと考えると頭がぼんやりとしてきた。

『明日は取りあえず迎えにきてもらって………。それから、もう一日だけデートの真似事《まねごと》をしてもらって………』

自分の想像以上に、肉体的な疲労も残ってて。

体が眠りを求めてて。

『それで、それで葉月と先輩には……………』

いつの間にか、メモとシャツを握り締めながら、瞼を閉じて眠りの世界へと入っていた。

そして数時間が経《た》った頃だろうか？

僕はうつらうつらとしながらも、眠りから覚めると体を起こした。


『……痛いっ……』

お尻にまだ痛みが残ってる。

ただ時間の経過と仮眠のおかげで、だいぶ回復はしているみたいだった。

起き上がれないとか、立ち上がれないってほどの苦痛は感じられない。

『………でも、痛みが薄れたら異物感みたいなもののほうが強く感じられる……。なんか…まだ英二さんのモノが嵌《は》まってるみたいな妖しい感触』

はっ！　妖しいのは僕だって！

なにが英二さんのモノだよ！　嵌まってるだよ！

僕は、自分で言葉を巡らせながら、Hの余韻《よいん》のようなものに囚《とら》われ、体がカッとなった。

「なんか、いかにもロストバージンしてきました…って状態だよね～、菜っちゃん」

「――――――――!!」

そんな僕に、ムスッとした葉月から声がかかる。

すっかり部屋が薄暗くなっていたために、というより気配を殺していたために気づかなかったけど、葉月は自分のベッドで膝を抱えながら、ジ～っと僕の様子を見ていたらしい。

笑顔で怒ってる葉月も怖いけど、怒ってるよって全面に出してる葉月の顔は、そこからさらに数十倍の迫力がある。

『……うわぁ…ときどき本当に同じ顔なのかな？　とか思うよな……葉月って』

僕が怒っても、絶対にここまで人を威圧することはできない気がする。

「ねぇ、菜っちゃん…。駅の階段から落ちたなんて嘘なんでしょう。実は…昨夜はあの早乙女とかって男に何かされてたんでしょ」

しかも、その顔に似合う冷たい口調で、いきなり切りこんでくるし。

「…………葉月」

「動けなくなるぐらい…酷いことされて。パニック起こすぐらい怖い思いさせられて。いっぱい…いっぱい泣かされるようなこと、されたでしょ」

それも、核心を突いたように。

「…………なっ…何それ？　なんのこと!?　そんなやぶからぼうに」

『もっ…もしかして…。僕達って、Hしてるときの感情まで届いちゃうの!?　しかも…渋谷・横浜間で!?　嘘ぉっ』

僕はビクッてしながら、焦る感情のいき場を求めて、手に持ったままでいたシャツをモゾモゾといじった。

「ごまかさないでよ！　僕は昨夜、菜っちゃんの心を感じて…ずっと涙が止まらなかったんだよ」

でも、そのシャツはベッドから飛び下りてきた葉月に奪い取られて、思いきり床にたたきつけられた。

「なっ！　何すんだよ葉月！」

英二さんのシャツを！　って気持ちが、自分でもよくわからないうちに感情を高ぶらせる。

「何すんだよっていうのは、こっちの台詞だよっ！　それも…それも、あの早乙女英二とかって男に僕が言いたい台詞だよ！　菜っちゃんを通して…僕にまで怖い思いさせて…泣かせて」

けど、僕のテンションの高さなんて、葉月の今日の切れ具合には全然敵《かな》わなくって、

「あいつ…あいつ何したの!?　菜っちゃんに…僕の大事な菜っちゃんに…一体何したんだよ！」

僕は肩をすくませながら、葉月に怒鳴りつけられていた。

「…………葉月っ」

「正直に答えて。菜っちゃん…本当はあいつに、昨夜無理やり…無理やり…セックスされたんでしょう？　強姦されたんでしょう。僕に助けてって…叫んでたでしょ？　僕には聞こえたんだよ」

言葉と同時に、葉月の両手が僕の両肩を掴む。

痛いぐらい、怒りと哀しみが伝わってくる。

今にも慟哭《どうこく》しそうなぐらい、英二さんへの憎しみが葉月から僕へと伝わってくる。

「……そんなこと…されてないよ」

僕は、葉月の両手を外しながら、ポソリと言い返した。

「嘘だっ！　正直に言ってて、言ったでしょ。なんで…なんで菜っちゃんあんな奴庇《かば》うの!?」

「庇ってなんかいないよ！　僕は…嘘もついてない」

声が、どんどん大きくなってくる。

「じゃあ菜っちゃんは、昨夜は何もなかったって言うの!?　その体はお酒に酔って、駅の階段から落っこちましたって言うの!?　あいつが電話してきたとおりだって言いきるの!?」

「それは！　それは…嘘だよ。英二さんが…家族に気を利かせてくれた方便だよ」

葉月と僕の間に、ピリピリとしたものが走り合う。

「何が気を利かせただよ！　方便だよ！　そんなのあいつが自分のしたことごまかそうとして、責任転嫁しようとして、でっち上げただけじゃないか！」

「違うよ！　英二さんはそんな人じゃないよ！　第一、僕は無理やりそんなことなんかされてないよ！　昨夜のは…昨夜のは同意でしたんだよ！」

こんなに、こんなに葉月と悪感情をぶつけ合うのは、生まれて初めてかもしれない。

「――――なっ…ええ!?」

「………いや…違う。同意っていうより……むしろ僕がしてってって…頼んだに近い」

でも、僕は言わずにはいられなかった。

「………菜っちゃんから!?」

「そう。英二さんに……してってって。抱いてってって…僕が頼んだ。英二さんは…僕の我《わ》が儘《まま》聞いてくれただけ。それに応えて……くれただけだよ」

たとえ葉月でも、英二さんのこと…悪く言われるのは嫌で。

どんなにその言葉が僕を思ってのことだってわかってても、英二さんのことだけは…悪く言われたくなかった。

「嘘っ……なんでそんな嘘つくの!? 信じられるわけないじゃん！ 菜っちゃんが…菜っちゃんがよりによってあんな男に自分からなんて…そんなの信じられるわけないでしょ！」

「あんな男って言うなよ！ 葉月は何も知らないじゃないか！ 英二さんのこと…葉月は何も知らないじゃないか！」

そうだよ。

葉月は知らないじゃないか。

昨夜、英二さんがどれだけ僕の心を癒してくれたか。

英二さんの腕が、どんだけ僕に優しかったか。

きつくって荒くってズケズケ言うけど、その言葉の一つ一つが、どれだけ僕を立ち直らせたか。

昨夜、電話とはいえ、先輩に泣きつくことができた葉月には…わからないじゃないか！

「菜っちゃん！」

僕は、言葉にできない思いを心の中で叫びながら。

自分の心が、急速に先輩から英二さんへと傾いてしまったことを、自覚するしかなかった。

「なのに、なのに〝あんな男〟なんて言わないでよ！」

それが〝限られた時間の中だけに許される恋〟なんだってわかっていても。

「英二さんは、僕の恋人なんだから！」

それが〝呵責と契約の中でしか成り立たない関係〟なんだってわかっていても。

「僕の選んだダーリンなんだからっ!!」

すぐに〝忘れなきゃいけない男性〟なんだってわかっていても。

「だったら……菜っちゃんはあいつの何を知ってるの!?　名前とそのメモに書かれたもの以外の、一体何を知ってるっていうの!!」

「————？」

でも、葉月の突っこみは容赦がなくって。

「僕……さっき菜っちゃんのバイト先のスーパーに、〝みかん堂〟に行ってきたんだよ」

「————!!」

しかも裏付けまでしっかり取ってて。

僕は、しばらく言葉を失った。

「どうしても悔しくって…腹立たしくって。悪いとは思ったけど、菜っちゃんが寝てる間にあいつにリベンジしかけてやろうと思って、行ってきたんだ。でも…早乙女英二なんて男、バイトの中にも従業員の中にもいなかった。念のために…見た目の特徴とか説明して、出入りしてる業者の人とか、お客さんの中にもいませんか？　って聞いたけど…誰もそんな男には、見覚えがないって……言われた」

『…………葉月』

「菜っちゃん…。たしか、バイト先で好きな人ができたから…先輩と別れるって言ったよね。僕ね、ついでだから…アルバイト先で一番菜っちゃんと親しい人は誰ですか？　って聞いて…呼び出してもらったんだ」

葉月の顔が、話をするうちにどんどん弱々しくなっていく。

「そしたら…一番仲良しだっていう店長さんが出てきてくれた。僕のことも…菜っちゃんから聞いてて知ってるよって言ってくれた。だから僕、それなら話がしやすいって思って、ここ最近で菜っちゃんがお店で夢中になって追いかけ回してるような人はいますか？　って…聞いてみたんだ。そしたら、店長さんに〝なんの冗談だい〟って聞き返されて、思いっきり怪訝そうな顔された」

声が震えて、瞼も震えて。

肩も震えて、足も震えてた。

「菜っちゃんの好きなのは〝直先輩〟って人だろうって。菜っちゃんの〝先輩以上にイイ男なんてどこにもいないもん〟って口癖は、もうみんな耳にたこができるぐらい聞かされてるって。仕事は頑張ってくれるから申し分ないけど、あののろけにはみんな恥ずかしくってお手上げだって。でも…ここのところ、急に元気がなくって……。先輩先輩も言わなくなって。バイトもしばらく休むって言ってきたって。この時期だし、学校の試験勉強もあるだろうから黙って了解したけど、実はどうしたんだろう？　って…みんなで心配してたって。逆に…僕が店長さんに聞き返されたよ。菜月に何かあったのか？　って。先輩と…喧嘩でもしてるの？　って」

その目に…どんどん涙がたまってくる。

「おかしいでしょ？　話の…つじつまが全然合わないじゃん。どう考えても…バイト先に好きな人ができたからって理由は、どこにも見当たらないよ！　それが〝早乙女英二〟って人だなんて話には、どうやっても行き当たらないよ！」

そして溜まった涙は、まばたきをした瞬間に頬からポロポロと溢れだした。

「ねぇ…菜っちゃん。お願いだから本当のこと言ってよ。なんで…昨夜あいつとそんなことになったの？　一体あいつはどこの誰なの!?」

『…………葉月』

「菜っちゃんが答えてくれないなら…僕が言うよ。あいつは…早乙女英二は、行きずりの男なんでしょ！　昨日会ったばかりの…まともに…お互いのことなんか何も知らない相手でしょ！」

僕は…ここまで突っこまれたら、言い逃れる術なんかなくって。

静かに、諦めたように、コクン…って頷いた。

「やっぱり…そうなんだ。あいつが〝みかん堂の人〟じゃないってわかったときに、僕ピンときたもん。そうじゃければ…もう少しいいように…どうにか考えられたけど」

葉月の言葉の節々に、やるせない思いが入り交じる。

僕の〝軽さ〟を罵りたいなら、それでもいいのに。

不潔だって、汚いって、責めたいなら…責めればいいのに。

葉月は、まるでこうなったのが〝自分のせいだ〟って…いわんばかりに、涙を零すんだ。

「別に…いいも悪いもないじゃん。出会い方なんか関係ないよ。僕は英二さんに一目惚れしたの」

そう…出会い方なんて、もう僕にはどうでもいいことだった。

行きがかりだったけど、僕は英二さんって人を知って、今〝恋してる〟って自覚がある。

順番が入れ替わっちゃったけど、今一番好きな人にバージンはあげたんだ。

目茶苦茶激しくって、目茶苦茶気持ちよくって。

目茶苦茶優しくって、目茶苦茶切なかったけど。

体に残された痛みさえ、今は愛しいって思える………極上なHしてきたんだ！

「英二さんも僕のこと好きだって言ってくれたし。だから…そういうことになって、昨夜は帰らなかったの。僕は…ただ一晩中英二さんの側にいたかったの！」

僕は、きっぱりそう言いきると、真っ直ぐに葉月を見返した。

葉月は、そんな僕を見て唇を噛み締める。

「そんなの僕にはわからない。菜っちゃんの言うことが…わからないよ！　だって行きずりでHしちゃうほど…あいつって魅力的!?　菜っちゃんの好み!?　イケイケでガサツでナンパそうで、王子様思考の菜っちゃんが一目惚れなんて、全然説得力ないよ！　むしろやけくそで、わざと嫌いなタイプを選んだって言われたほうが納得いくよ。そうなんでしょ！　だから怖かったんでしょ！」

「――――――葉月！」

「だって…僕には。菜っちゃんがこんな自棄《やけ》みたいなことする理由が、思い当たるもの。あのとき、菜っちゃんが先輩に別れ話したって言った日に………ちゃんと聞けばよかったこと。僕が…僕が先輩のこと好きになったからなの!?　って。僕の気持ちに…僕の気持ちに菜っちゃんが気づいたからなの？　って」

でも、それでも葉月は泣くんだ。

いっぱい…いっぱい。

やるせない思いと一緒に、綺麗な、真珠みたいな涙をおしげもなく零すんだ。

「だから先輩と別れた上に…自棄おこしてあんな奴に怖い思いさせられてっっ!!」

でも、それは結果的に僕を追いつめた。

僕は…もうきれいじゃないって言われてるみたいで。

汚いよ、最低だよって言われてるみたいで、僕の心を追いつめた。

「違うよ!!　葉月のせいじゃないよ！　勝手に…勝手に話まとめて自惚れんなよ!!」

「――――――っ!!」

だから、僕は葉月を傷つけたんだ。

自分が英二さんに言われて、一番ショックだった言葉で。

〝自惚れんな〟って——言葉で。

結局は……傷つけずには、いられなかったんだ。

直先輩の心を…引きつけたきれいな葉月の心を。

「怖かったのは…ただ初めてだったからだよ。僕が…どんなに僕が葉月が大事でも、可愛くっても、大切でも。そのために付き合って先輩と別れようとか、譲ろうなんて思うほど…僕はお人好しじゃないよ！　そんなに無責任に、そんなにいいかげんに…人を好きになったりしないよ！」

「菜っ……ちゃん」

葉月のせいじゃないなんて、思いながら。

泣かせたくないって、思い続けながら。

「先輩の心に…僕のことが好きって気持ちが見えなくなったの。理由があるならそれだけだよ。別れた日も言ったじゃん。僕は、僕を好きでいてくれる人が好き。それをはっきり見せてくれる人が好きって。それが見える相手なら、たとえ葉月につらい思いさせたって、泣かせたって。先輩のことは諦めてって…僕の恋人だから他を探してって…自分の口からはっきり言うよ！」

そんなきれいごとじゃ…気持ちが納まらなかった。

僕の醜いまでの嫉妬は、表に出なきゃ気がすまなかった。

「——!!」

そうだよ。

僕は、誰かに遠慮なんかしない。

もしも…もしも先輩の心がちゃんと僕に向いてたんなら。

自分から、自分を好きでいてくれる人に、身を引いたりしない!!

「菜っちゃん……」

「だって…だってさ。僕が告白して、先輩を僕のものにしたときに…。いいよって言ってもらったときに、僕はもう何人も何人も〃先輩のこと好きだった子〃を泣かせたんだよ！　諦めさせたんだよ！　なのに…それがわかってて。弟だからって…葉月にだけにどうして先輩のこと譲れるの!?　僕は赤の他人を泣かせたんだから…葉月だって泣かすよ！　それだけ…先輩のこと好きだったんだもん。先輩が…先輩が一番好きだったんだもん。僕の全部をあげるって思うぐらい……直先輩が一番大好きだったもんっ！」

僕の目にも、葉月の顔が霞んで見えないぐらい涙が溢れてた。

それは、綺麗なものではないだろうけど。

「…………菜っちゃん」

「けど、先輩は同じ気持ちでいてくれなかった。僕のこと…一番好きでいてくれなかった」

きっと妬《ねた》み嫉《そね》みの固まった、醜いものだろうけど。

「いつも側にいない僕より…いつも側にいた葉月のことを好きになった！　それが…それがわかっ

たから。それに気付いたから。僕は…僕は先輩のこと好きでいられなくなったんだよっ！」

僕は、前が見えなくなるほど涙を溢れさせると、葉月から顔を逸らしてベッドに突っ伏した。

「——————ぅぁぁっっっ！」

そして、そしてやっと心の底から、心の奥から泣けたんだ。

声をあげて、泣けたんだ。

「………菜っちゃん。もしかして…あの日こと!?」

葉月は、震える手で僕の肩に触れた。

「もういいじゃんよ！　聞かないでよ！　わかったら…もうほっといてよ！　どのみち…どのみち今の僕には、本当にどうでもいいことなんだから！　英二さんのが大事なんだから！」

僕は、その手を振り払った。でも、葉月はそんな僕にもう一度しがみついてきて。

「や…っやだっ！　ほっとかないっ！　ごめん……ね。ごめんね…菜っちゃんっ。お願いだから…泣かないでよっ!!　そんなに…いっぱい泣かないでよっ！」

「謝るなっ！　葉月は……葉月はなにも悪くないんだから！　お前が謝ったら僕が惨《みじ》めになるじゃないか！」

「違うの！　そうじゃないのっ！　僕が…僕が謝ってるのはそういう意味じゃないの!!」

「じゃなんなんだよ！　これ以上どんな意味があるって言うんだよっ！」

「僕……。僕が最初に先輩の側に近づいたのは…菜っちゃんのフォローでもなんでもなかったの。

もちろん…先輩のことも好きじゃなかった。ただ…菜っちゃんと先輩別れさせたかったの。二人の仲を壊したかっただけなのっ！　本当に悪いのは僕なのっ！　ごめんなさいっっ!!」

「――――――――――――――――!!」

僕の背中で泣き叫んだ。

「…………え？」

僕は、全然想像もしたことがない言葉を聞いて、思わず振り返って葉月の顔を見た。

「……壊したかった!?　僕と…先輩の仲を？」

「だって……だって…菜っちゃん…高校入ってから、先輩のこと好きになってから。僕のことちっとも見てくれないんだもんっ！　構ってくれないんだもん!!　僕は…僕はいつだって菜っちゃんが一番好きなのにぃっっっ！」

まるで、子供のときみたいに、僕にしがみついて、泣きわめいた。

「……………はっ…葉月？」

それって……どういう……こと？

僕は、この話の矛先《ほこさき》がどこにあるのか、さっぱりわからなくなっていた。

「僕…はっきりいって、最初はなんで菜っちゃんが先輩のことあんなに好きになったのか全然理解できなかったんだ。そりゃ…学校の中では一番カッコイイとは思うし、なんでもできるし、菜っちゃんの理想的な王子様だっていわれれば否定しない。けど、だからってこんな奴のどこがいいんだよっ！　って…先輩にも早乙女英二と同じぐらい思ってたっ！」

「葉月ぃ!?」

それって…それって言いすぎなんじゃ!?

『あ………でも、これってマジだ』

葉月は、思い出したようにムカッとした顔してる。

これって、嘘やでまかせを言ってる顔じゃない。

「こんな奴に…なんで菜っちゃん取られるの？　冗談じゃないよ！　って…思ってた」

でも…でも。

それってあんまりな言い方なんじゃないの？

「………葉月」

「だから…だからさ。菜っちゃんがバイト始めるって言ったとき…これはチャンスだって…思った。菜っちゃんが確実にいない間に菜っちゃんのフリして、意地悪して、喧嘩して、こじれさせて別れさせちゃえって思って近づいたんだ」

「なんだって!?」

「だって！　菜っちゃん先輩と一緒に旅行したいとか言って、僕の夏休みのことなんか、なんにも気にしてくれないんだもんっ！　今まで…ずっと一緒だったのに。こんなに僕のことないがしろにした菜っちゃんなんて、僕知らないもん！　悔しかったんだもん！　哀しかったんだもん！　先輩なんかどっか行っちゃえ！　って、ずっとずっと思ってたもん！」

「――――――――葉月っ」

『どっか行っちゃえは…ねぇだろそりゃ。先輩が聞いたら…マジ泣くよ』

僕はこのとき、先輩は葉月を選んで〝墓穴《ぼけつ》掘ったな〟って思った。

いつか、選択を誤った…って思うことが、一度ぐらいはあるだろうって。

「……なのに……」

あ…、でも…葉月の顔が、徐々に変わってきた。

「なのに……？」

「なのに先輩は、そんな僕に向かって言ったんだ。葉月ちゃん…いいんだよって。菜月は忙しいんでしょ…って。菜月のフリなんかして、僕に気を遣わなくてもいいんだよって」

先輩への気持ちの変化を表すみたいに……。

葉月の顔。

どんどん、恋してる顔になってきた。

「僕、はっきり言って菜っちゃんになりすまして、お母さん以外にバレたの初めてだったからビックリしちゃって…結局取り繕《つくろ》えなかった。でも…そんな僕に先輩は〝ありがとう〟って…。〝菜月は、こんなにお兄さん思いの弟がいて、幸せだね〟って……笑ってくれて」

「それ、目茶苦茶直先輩らしい台詞だよ。僕も…似たようなこと言われて先輩を好きになった」

入学したばかりのときに初めての委員会で顔を合わせて、次の日に廊下で会って肩を叩かれた。

〝あ、朝倉菜月くん！〟

〝――――――――!!〟

葉月と一緒にいたのに、間違えなかった。

そのときは、きっと偶然当たったんだろう…って思ったけど。

同じようなことが二度三度続いて。

僕は、四度目につい遊び心に駆られて〝葉月のフリ〟をしてみたんだ。

〝あの…直先輩！　今日、菜月具合が悪いんですけど、委員会に僕が代わりに出ても、差しつかえないですか？〟

〝別に、本人が出られるなら差しつかえないんじゃない？　菜月くん〟

〝――――――――!!〟

〝それより僕に悪戯してる暇があったら、この書類纏《まと》めるの手伝って欲しいな〟

絶対に引っかかるって思ってたから、どうして？　って…僕は逆に先輩に聞き返した。

〝なんでわかるの!?　僕が菜月だって〟

〝………え？　だって、君が葉月くんじゃないから〟

〝――――――――〟

僕は、あの一言でコロッて落ちたんだ。

『君が、葉月くんじゃないから――――』

そう、僕は朝倉菜月だから。

朝倉葉月じゃないから。

それは〝間違われるのが当たり前〟だと思って育った僕にとっては、革命的な一言だったんだ。

「この人なら、菜月《ぼく》のことちゃんとわかってくれるって…思って好きになった」

「……うん。僕も、そう言われて初めてわかった気がした。どうして菜っちゃんが先輩に引かれたのか…。ああ…この人は、朝倉兄弟って見方はしない人なんだって…。朝倉菜月は朝倉菜月で。朝倉葉月は朝倉葉月って…。最初から個々にちゃんと…見てる人なんだって。だから…きっと菜っちゃんは、この人に引かれたんだ…って」

「…………そうしたら…自分も好きになっちゃった？」

僕と…本当に同じなんだね、葉月。

「ううん。そのときは、そんな気持ちはなかった。だって、先輩は菜っちゃんの恋人だし、僕はその恋人の弟だし。好きなんて言葉は意識してなかったんだ。ただ…僕にとっては、間違えられずに名前を呼ばれることが…すごく新鮮だったの。もちろん菜っちゃんに間違われることを嫌だなんて思ったことは一度もないよ。むしろ…嬉しいぐらいだったから」

僕は、葉月の話を聞くうちに、心にずっとモヤモヤしていたものが消えていくような気がした。

「でも…何度会っても、一度も間違わない人は…先輩が初めてだったの。僕を菜月って呼ばなかった人は。だから、側にいて…話がしたかっただけなの。名前を呼ばれてれば…それで、それだけで楽しかったの。なのに…なのに僕…いつの間にか…先輩に〝菜月〟って呼ばれてみたいなって…思うようになって……」

どうして先輩は、あとから葉月を好きになったんだろう？　って…思ってたモヤモヤが。

「僕の名前で？」

「うん…だって先輩の恋人は菜っちゃんなんだもん。ただ…それでもいいから。一度でいいから、先輩に恋人として呼ばれてみたいな…って。一度だけの我が儘とか思って。僕…先輩にふざけながら〝たまには菜っちゃんと間違えてみてよ…菜月って、呼んでみてよ〟って…言ったの。そしたら…そしたら…全然違う言葉が返ってきちゃって………」

そうか。

だから…先輩はあの日、葉月に気持ちを打ち明けちゃったんだ。

道理の順序が違うってわかっていながら。

僕に〝別れよう〟って言う前に。〝ごめんね〟って言う前に。

『大好きだと言いながら、僕は葉月にフォローをまかせてまともに側にいなかった。それに比べて葉月は、ただ先輩の側にいるだけで、名前を呼んでもらえるだけで喜んでたんだ。そうだよね、先輩からしたら…そんな葉月のほうが可愛いって思えても不思議はない。いじらしいなって…思って、自然に心が傾いていっても仕方がない』

その上で、葉月がどんな思いで先輩に〝菜月〟って呼ばれたがったか、勘のいい先輩なら気づいただろう。

もしかしたらそれと同時に、自分が恋人として呼びたい名前はもう菜月じゃないんだって、確信しちゃったのかもしれない。

だから、言わずにはいられなくなったんだ――――あの瞬間。

〝君が好きだよ〟

〝わかってるよ、葉月ちゃん〟

それが…先輩の中でどれだけ罪悪なことなのか、わかっていながらも。

「でも…だからこんなふうになることなんて一度だって望んでなかったんだ！　だって…僕は菜っちゃんのこと泣かしてまで、先輩を好きなんて思ったことないもん！　僕は…僕は先輩より菜っ…」

僕は、泣きながら言葉を続けようとした葉月の口を、指で塞いだ。

「もういいよ…。わかってる。葉月が…僕のこと一番好きなのは…それ以上言わなくたって、わかってるから。だって…僕も葉月が好きなんだもん。ただ…一番じゃなくて…ごめんねだけど」

体を起こして、葉月と向かい合って。

僕は、やっと葉月に抱きつくことができた。

もう一人の僕に、抱き縋ることができた。

「菜っちゃん」

「葉月は…もう一人の僕だから。僕は…もう一人の葉月だから…。僕は…そう思ってるから、葉月が一番にはならない。けど、順番なんかつけられないぐらい、大好きだし大切だよ」

「────────」

「僕が大好きな葉月だから。僕を大好きでいてくれる葉月だから。先輩だって、きっと葉月を好きになったんだよ。見る目あるじゃん…やっぱり先輩って」

僕はこの瞬間から、もう先輩と葉月のことで、悩むことはないだろうって思えた。

「…菜っちゃん」

「だから…もうこの話は今日で終わりにしよう。葉月は、素直に先輩に好きって言いなよ。一番好きになりなよ。それでもう一度好きって言ってもらいなよ！　二人でちゃんと付き合い始めてよ。僕にとっては、二人がそうなることが今は一番の望みなんだよ」

妬むことも、嫉むことも。

「…………望み!?」

「うん。だって…僕はもうさっさと英二さんを好きになって、どさくさに行くとこまで行っちゃったんだよ。それこそ電光石火みたいな恋してるんだよ。なのに…そんな僕に先輩や葉月が気を遣って…なんて思ったら……僕もつらいじゃん」

苦しむことも、悲しむことも。

本当に、もうないだろうって────。

「僕の心…感じるでしょ？　この思い…嘘じゃないってわかるでしょ？　他の誰にもわからなくっても…葉月にだけはわかるでしょ？　僕は…本当に僕は英二さんが好きなの。僕はもう来生直也より早乙女英二が好きなの」

そう…きっと、あの腕の中で、先輩と錯覚できなかったときから。

「そりゃ…見た目はああだし…口も悪いけど。そんな英二さんが…今は一番好きなの。たとえ…出会い方がどうであっても。今はメモ一枚の彼しか知らなくても」

英二さんの名前を口にしながら、その存在を確かめながら抱かれたときから。

「僕は、彼が好き――――」

早乙女英二に恋をしているの。

「――――菜っちゃん」

それが、たとえ終わりの見えてる恋でも。

「だから……僕は大丈夫だから、葉月はちゃんと先輩のこと考えて。一番に…考えてあげて、側にいてあげて。僕みたいに失敗しないように」

散り急ぐ花のように。

パッて咲いて、跡形もなく消えていくだろうって、わかっていても。

「――――菜っちゃんっ！」

早乙女英二という人に、今だけの恋をしてるの――――。

4

長い一日というか、二日というか。

とにかく心身ともに疲労困ぱいした時間が過ぎたけど。

僕は翌日、気分爽快で学校へ行った。


その日の放課後。

僕は、直先輩に告白するからよかったら見届けて…っていう葉月に付き添って、生徒会室に同行していた。

英二さんに迎えを頼んだ時間が迫《せま》っていて、気になってはいたけど。

お節介もはなはだしいとも思ってたんだけど。

なんとなくここを見届けないと、初志貫徹できないような気がして。

葉月と一緒に、先輩のところへ顔を出した。

「よかったら…改めて僕と、朝倉葉月とお付き合いしてもらえませんか？」

「――――葉月ちゃん」

でも、さすがに昨日の今日で、っていうより…先週の今週で。

直先輩の表情は、困惑の色を隠せなかった。

「あっ…あの、僕が言うのはお門違《かど》いだってわかってるけど、どうか葉月をお願いします！　こいつは絶対に僕よりいい子ですから！　先輩に尽くしますから！」

僕は、僕自身が早く円満な解決を見出したいこともあって、直先輩にペコリと頭を下げた。

「────菜月」

すると、先輩は一瞬怒ったような、哀しいような、戸惑った顔を僕に向けた。

僕は、多少複雑な思いはあっても、すぐに〃わかったよ〃ってお決まりの言葉が返ってくると思ったから、先輩のこの反応はよく読めていなかった。

でも、ここで先輩に「いいよ」って言ってもらわなかったから。

葉月への思いを認めてもらわなかったら。

英二さんを巻きこんだ意味がない。

葉月を傷つけた意味もない。

もちろん、僕が傷ついた意味も、一人で苦しむぐらいはしただろう先輩の心労の意味も。

「僕達…二人で昨夜話し合ったの。今お互いは誰が好きなのかって こと。それで…葉月は先輩が好きだって。僕は……先輩も葉月を気に入ってるって…感じてたから賛成して。調子がいいことだとは思うけど、先輩にはできればこのまま葉月と────」

「ちょっと待ってくれないか、菜月」

でも、物事そうはうまくいかなくって。

先輩は僕の言葉をセーブした。

「………ごめん。葉月ちゃんの気持ちも言葉も嬉しい。菜月の気遣いも…身に染みる。でも、悪いけど、今ここで君達に〝わかったよ〟〝ありがとう〟って言葉は…僕には言えないよ」

ただ、先輩から返ってきた言葉は、僕の予想していた範囲にはなかったもので。

「――――――え!? なんで!?」

僕は、間の抜けた口調で疑問を投げ返した。

「僕には…昨日の、あの男が菜月の好きな奴だってことが、どうしても納得がいかないんだ」

「――――は!? それが葉月となんの関係があるの?」

「あるんだよ。僕は今、自分が誰を好きで、それをどうしたいのかより、あの男の存在のほうが気がかりなんだ」

「――――――先輩っ!」

「はっきりいって、気持ちが定まらないんだ。昨日…僕はあの男と会って、初めて〝嫉妬〟って感情を覚えた。これが…いまさらわき起こった菜月への未練なのか、それとも…あの挑戦的な男に、同じ男として煽られただけの感情なのか。僕自身、一晩考えたんだけど…答えが出せなかったんだ」

でも、返ってくる答えは、今まで僕が気づいていなかった、先輩の〝心〟だった。

「直先輩……」

「なんて優柔不断な奴だって…思っても構わないよ。菜月が言うように…僕が葉月ちゃんを特別な思いで見ていることは否定しない。菜月が…僕に別れようって言ったことも…その気持ちが見抜かれたからなのかな？　だから…他に好きな奴を作られたのかな…って。そう思ったから、僕は、菜月に〝わかったよ〟って言葉しか、発することができなかった。離れていく菜月を引き止める権利も、相手を確かめる権利も、なにも僕にはないと思ったから。僕も言わなきゃいけなかった…ごめんって言葉を、結果的には菜月だけに言わせてしまった」

自分の持ってる、善の部分も悪の部分も、ちゃんとわかってて。

それを取り繕う術を持たない、正直すぎる〝心〟だった。

「ごめんね、菜月。この言葉を、この気持ちを伝えるのが…今になって。でも……それでも僕は菜月には幸せになってほしいと思ってる。僕が…心からお願いしますって、自分から頭を下げられるぐらいの人間と。僕が認められる、僕以上の人間と！」

ああ…だから僕は、この人があんなにも好きだったんだ…って、今一度確信できる〝心〟だった。

「こんな僕の思いなんか…菜月にはただ迷惑だろうけど。この気持ちは偽れない。僕には、昨日の男がそれに値する男だとは認められない。そんなの認めてもらわなくても結構だよって、菜月には言われるかもしれないけど…。あの男はどう見ても〝毒〟が強すぎるよ。菜月の思いを考慮して、それなりに贔屓《ひいき》して見たとしても。菜月が付き合うには〝危険な人種〟としか思えないんだ！」

「……先輩」

「そりゃ、毒のある人間のほうが…時として魅力的なのは僕にもわかる。もしかしたら…菜月の恋人として現れなければ、僕だって自分とは正反対な要素を持つあの男に、素直に圧倒されてるかもしれない。でも、だからこそ〝菜月の相手〟としては納得できない。どんなに趣味が変わったんだって言われても、昨日の状況からじゃ、あいつが菜月が根本的に求めてたような〝自分だけを見てくれる穏やかな人間〟とはとても思えないんだ」

恋人としての関係は壊れちゃったけど。

人間としての関係なら、まだそばにいたいって思える心を、持ってる人なんだって。

「僕は…恋人ではなくなったけど、菜月を嫌いになったわけじゃない。今でも大切だし好きだと思う気持ちはある。だから、訳のわからない男に泣かされる羽目にはなって欲しくない。せめて、そうじゃないんだ…見た目とは違う奴なんだって思えるようになるか、他に…もっと安心できる人間が現れるか。菜月が本当に安らげる姿を見届けるまでは…僕は、僕のことは考えられない」

だからこそ、僕の大事な葉月を、安心して任せられる人なんだって――――。

「……先輩…そんな」

「だから…ごめん。今はこれしか言えない。こんな気持ちのままで、菜月に〝わかったよ〟って言って、〝任せていいよ〟って言って。葉月ちゃんに〝ありがとう〟〝じゃあ付き合って〟とは言えないよ。なにより、こんな半端な気持ちの僕を、葉月ちゃんが望んでいるとも欲しているとも思えないから」

「――――――先輩でもそれは！」

違うよ…。

そこまで思ってもらっても…僕困るよ！

嬉しいけど、困るよ！

『どうして先輩は、どっちに転んでも僕と葉月を困らせるの!?　人がいいのも、正直なのも、こうなると犯罪だよ』

僕が、そんな気持ちを先輩に伝えようって思ったときだった。

「――――――ううん。そんなことないよ先輩！　僕、そういう先輩だから好きになったの!!」

葉月は、はっきりとした口調と声で、自分の意思を告げた。

「葉月？」

「葉月ちゃん!?」

しかも、ここ最近見たこともなかった、爽快そうな笑顔で。

「ごめんね…。本当いうと…僕…先輩のこと試してたかもしれない。改まって好きって言って…なんて返事をされるのか。その答えに人柄を…試してたのかもしれない」

しかも、とんでもないこと言いながら。

「先輩が…もしここで菜っちゃん〝わかったよ〟なんて言われたら。僕に〝いいよ付き合うよ〟なんて言ったら、僕…その瞬間に先輩のことが、嫌いになってたかもしれない」

「――――――葉月!!」

「だって！　僕は…先輩のこと好きだよ。でも、やっぱり菜っちゃんのことも好きだもん！　今はどっちって比べられないぐらい、同じぐらい大事で好きだもん！　だから…僕と一緒に、僕と同じぐらい…菜っちゃんのこと心配してくれる人じゃなければ、きっと一緒にはいられないよ」

「――――――葉月ちゃん」

なのに、それを受ける先輩の表情は、妙に晴れ晴れしくなっていく。

「僕…ね。昨夜…ずっとこれでも考えたんだよ。菜っちゃんが先輩への気持ちを許してくれた。じゃあ…僕はそれに甘えられるのかな？　って。菜っちゃんに気持ちを打ち明けられて、ホッとはしたけど…。だからそれでどうにかできるのかな？　って。そしたら…きっとまだどうにもならないだろうな…って、結構すぐに答えが見つかった」

葉月――――――。

「僕も、先輩が言った気持ちと同じなの。大事な菜っちゃんが、本当に頼れて甘えられる人をゲットするまで、自分のことなんて考えられないの」

けど僕の表情は、葉月や先輩とは逆走して、苦笑いへと変わっていく。

「いや…だから…それは。ちゃんともうゲットしたって。英二さんは頼れるし甘えられるからっ」

なんか。

どうもおおもとから話の矛先が、別のところへ別のところへと、転がっているような気がして。

「だから、僕も先輩と同じ気持ちって言ったでしょ！　悪いけど、早乙女英二は論外だよ！　あんな横柄で意地悪な奴に、大事な菜っちゃん預けられないよ！」

「そんな…！　葉月に預けられないとか言われても、僕は自分からもう預けちゃったもん!!」

いや、この二人に…転がされているような気がして。

「そう簡単に預けないでよ！　どんなに菜っちゃんがあいつのこと好きだって言っても、ダーリンなんだって言っても、僕は安心できないよ！　ね、直先輩！　菜っちゃんの本当の幸せ見届けるまでは、僕達のことなんて後回しだよね！」

「――――もちろんだよ。葉月ちゃんが同じ気持ちで、僕も嬉しいよ。ホッとした」

「――――なっ…!!」

お前らなーっっっ!!

人の気持ちも知らないでっっ!!

「ほら聞いたでしょっ！　一生誰にも預けるなとは言わないけど、どうせ預けるなら僕達が安心できる人にしてよ！」

そんなオチを付けられたら、〝二人に収まってもらう〟ために、苦労して英二さんを見つけてきた意味がないじゃんよ！

逆に〝二人の障害〟になるって、どういうことなんだよっっっ!!

「ちょっ…待ってよ！　これは〝僕の選択問題〟であって、葉月や先輩が気に入る気に入らないは別次元じゃんよ！」

「同次元だよ」

「なんで！」

「だってさ、じゃあ聞くけど。僕が先輩じゃなくって、早乙女英二みたいな奴を突然菜っちゃんの前に連れてきて〝今日から彼が僕のダーリンなんだぁ〜♡〟って言ったら、菜っちゃん驚かない!?それはよかったねってすぐに言う!?」

「えっ…それは言わないけど……っ！」

って、口走ってから、僕の脳裏には〝しまった〟って言葉が過る。

『僕も、なんでこんなに正直なんだろう……。嘘でも〝驚かない〟って言えよっ！　英二さんにも失礼じゃんよ〜っ!!』

「ほらぁ！　菜っちゃんだって、こんないい人見つけてきて、葉月ナイスじゃ〜んとは言わないでしょ！　それが僕の気持ちであり、先輩の気持ちだよ！　何より、菜っちゃんだって好きだとはいえ、決してあいつが〝安全な生き物〟だとは認めてないって証《あかし》じゃない！」

それは…第三者に言われなくたって、僕が一番わかってる。

英二さんが〝危険この上ない生き物〟だって。

時としては、ただの一匹の〝雄〟なんだってこと――――。

だからこそ、認めてしまえば堕ちていく。

「でっ…でも〝生き物〟って言い方はやめようよ。英二さんはそりゃ〝人〟としては危険なタイプには見えるけどぉ…ああ見えてもちゃんとした」

「ああ見えてもなんなんだよ！」

「────────!!」

ええっ？　英二さん!?

僕は、いきなり背後から声をかけられて、肩を叩かれて、全身が震え上がるほどビックリした。

「まさか菜月まで、〝英二さんは人間なんだから〜〟なんて、ふざけたこと言うつもりじゃねぇだろうな。あ？」

「あーっ！　湧《わ》きやがったな早乙女英二っ！　なんでお前がこんな所に湧くんだよ！　ここは学校の中なのにっっっ！」

隣にいた葉月は、指を差しながら悲鳴みたいな声を上げた。

前にいた先輩は先輩で、急に顔つきがガラリと変わって。

ガンっ！　って睨みつけるような、ガラの悪〜い目つきになった。

「……えっ…英二さん！　どうしてここに!?」

僕は、うっそぉ！　とか思いながらも、恐る恐る振り返った。

と、英二さんの不機嫌極まりない罵声《ばせい》が、容赦なく僕にめがけて飛んできた。

「どうしてじゃねぇだろう菜月っ！　お前がここに迎えにこいって言ったんだろう！」

しかも、両腕に抱えるようなチューリップとカスミソウの花束と一緒に。

『…………はっ…花束!?』

僕は、いきなり手渡されたそれを抱えながら、頭の中が〝？マーク〟だらけになった。

しかも、手ぶらになった英二さんの姿をマジマジと見ると、思わず〝ひゃーっっっ〟だった。

「ったくお前って奴は、人をこんなところまで呼んどいて。どれだけ俺を校門の前に立たせとけば気がすむんだよ！　時間の感覚ねぇのかボケッ！」

――――――しまった！

話に夢中になってて…忘れてたっっっ!!

「お前が時間どおりに出てこねぇから、俺は帰宅するガキどもに、珍獣みたいにジロジロと見られたんだぞ！　生活指導の先こうとかって奴に尋問されたんだぞ！　身分証明書まで提示させられたんだぞ！」

でも…でもさ。

思いきり怒って愚痴《ぐち》ってる英二さんなんだけどさ、そりゃ仕方がないよ…って、僕は思った。

だって……だってさぁ。

「あっ……でも、それは当たり前だよ。そんな昼まっから素肌に真っ白なダブルのスーツの着て、ビシッとしたカッコして真っ黒なサングラスかけて。だけならまだ〝ちょっとヤバイお兄さん〟かな？　とか思うけど……。そのカッコに〃こんな可愛い花束〃持って立ってたら、変態に見られたって当然だよ！　先生だって心配して声もかけるよ！　だって、ここは女子校の前じゃないんだよ！　共学でもないんだよ！　男子校なんだよっ男子校っっっ!!」

「………なっ…変態ってこたないだろう！　お前がここにこいって言ったんだろう！」

「だっ……だからって、誰がそんなにドハデなカッコできてって言ったんだよっっっ!!」

「何言ってんだよ！　こっちはわざわざ気合い入れてきてやったんだぞ！　せっかく菜月の学校まで足運ぶんなら、菜月にはこーんなイイオトコがいるんだから、手なんか絶対に出せねぇな…って、ここのガキどもに見せしめるために！　なのに、お前それが不服なのか！」

「――――――っ!!」

そんな……聞き方ないじゃんよ。

きてもらっただけで、不服なわけ…ないんだから。

何も…言い返せないじゃん。

「しかも、お前が待てど暮らせど出てこねぇから、俺は通りがかりのミニパトの姉ちゃんにまで声かけられたんだぞ！　結局怯えるガキを取っ捕まえて、お前の居場所の検討をつけさせなきゃなんなくなったんだぞ！　恥ずかしいったらありゃしねぇっ！」

「ごっ…ごめんなさいっ。ちょっと…葉月達と話が込み入っちゃって。時間が……わかんなかったから」

「あ!? お前な、人を世田谷くんだりから横浜まで呼び付けたんだぞ! しかも俺は大学の講義を途中でバックレてきたんだぞ! どんなに話が込み入っても〝待ち合わせ時間〟ぐらい気にすんのは、最低のマナーだろうが! 時計も見ねぇのかお前は!」

よっぽど外で好奇の目に晒されたんだろう。

英二さんはここぞとばかりに一方的に僕を責めた。

ただ、ガーガーと怒鳴られてるんだけど、言われてることが一々もっともで、僕は反論の余地がない。

しかも、先輩も葉月も、英二さんに何かいいがかりをつけたいんだけど……つけられないって顔してる。

「………ごめんなさいっ。そもそもこの部屋には時計もなかったから…見ようもなかった」

「なんだとっ! 見ようもなかっただ!? そんな場所で話なんかしてんじゃねぇ!」

ギンッ! って目つきで睨まれる。

ひゃーっっっっ!!

やっぱり、話がすぐに終わるだろうとか思ってた僕が間違いだった!

「ごめんなさいっごめんなさいっごめんなさーいっ!」

僕は葉月達への体面もかなぐり捨てて、両手を合わせて、ごめん! した。

「! ったく……信じらんねぇな。何が見ようもなかっただよ。今どきの高校生が時計の一つも持ち歩いてねぇのかよ。なんてのんびりした生活してやがんだ」

でも、英二さんは僕が〃大反省してますっ！〃って姿勢で謝り倒すと、怒鳴ることは止めてくれた。

しかも、「しょうがねぇな」って言いながら、左腕から時計を外すと。

「なら、これお前にやるから、腕に嵌めておけ」

英二さんは何くわぬ顔でそれをポイって僕に投げてきた。

「――――!!」

「そのかわり、次に〃時計がなかった〃〃時間がわからなかった〃の言い訳はさせねぇからな」

僕は、手にした時計に英二さんの温もりが残っているのを感じると、キュン…って胸が締め付けられた。そのトキメキは、仄《ほの》かなチューリップの香りと混じり合って、僕をなんともスイートな気分にさせた。

「俺と会うのに、遅刻したらただじゃおかねぇぞ」

「………………わかった」

小声で返事をしながらも、もらってしまった時計が重い。

『この人は……どうしてこういうことを〃何でもないこと〃だって、顔でやるんだろう』

僕は、すぐに自分の手首に嵌めてみようとしたけど、花束が邪魔をしてうまくいかない。

と、英二さんはスッと手を伸ばしてきて、僕の腕に嵌めてくれた。

『…………英二さん』

それは心地好い束縛を思わせる重さだった。

ゆるゆるとしていて、くるくると回ってしまう時計は、まるで手錠のようだったけど。

「人の噂をダラダラとしゃべってたんだ、込み入った話は終わってんだろう？」

「――――あ…うん」

「だったら、行くぞ。時は金なりだ。時間がもったいねぇ」

英二さんは、そう言うと僕の肩をポンと叩いて、帰るぞ…って合図した。

僕は、もらった花束を握り締めながら、黙って英二さんの言葉にうなづいた。

「うわーっっ。気障《きざ》ーっっっ。なのにキュンキュンしてるよ。あいつ……本当に何者!?　なんであんなに菜っちゃんのつぼをっっっ！」

背後から頭を抱えているように聞こえた葉月の呟きは、僕が、このシチュエーションにどれぐらい参《まい》ってしまったかを、先輩に説明しているみたいだった。


僕はそのまま英二さんと肩を並べて歩くと、怒られはしたけど、駅までの道程に〝校内の徒歩〟ってオプションがくっついたことが、嬉しく思えてた。

きっと、英二さんはこの十分を都合するために、演出するために、何倍もの時間を僕に割《さ》いてく

れたんだ。

だからこそ、あんなに時間に遅れたことを怒ってって思うと。

『……演出の仕方に問題は感じるけど……まいっか♡』

僕は、一歩一歩に胸をときめかせながら、今にもスキップしそうだった。

「おい、どこにいくんだ菜月！」

と、校門の所まできて、英二さんは浮かれた僕の腕をムンズリと掴んだ。

「え？　何？　駅だけど」

「お前な！　まさか本当に俺にここまでこさせて、駅まで歩いて〝今日はどうもありがとう〟とかって、俺に言うつもりなのか!?」

「――――え!?」

「え!?　じゃねぇだろう！　え!?　じゃ！」

「え？　じゃあ…ここで〝ありがとう〟って言えばいいの？　僕が遅れたから…駅まで行く時間もなくなっちゃったの？　だったら…」

僕は、ありがとう…って言うしかないんだけど……。

ハイになった分だけ、物凄くローな気分になった。

「何ふざけたこと言ってんだよ！　そんなわけねぇだろ！　これからデートすんだよ、デート！」

でも、そんな僕に英二さんはビックリするようなことを言い放った。

「でっ…デート!?　これから？　僕と？　英二さんが!?」

「あったり前だろう!!　たかが十分のためにこんなとこまでこれるか！」

ちょっとムッとしながらだったけど。

僕の聞き間違えではないらしい。

「だって…時間が勿体《もったい》ないって言ったじゃない。忙しいんじゃないの？」

「そりゃデートの時間が無駄に削れて勿体ねぇってことだよ。あートロくせぇ！　お前ね、ここまでカッコつけてきた男の面子《めんつ》をなんだと思ってるんだよ？　ガキの冗談でも十分でありがとう、さようならなんて、受け付けねぇぞ俺は！」

ローになった僕の気分は、英二さんのぶっきらぼうな笑顔に、最初以上にハイにされた。

「えっ……でっ…でも。そのカッコの英二さんに、制服姿の僕で……一体どこ行くの!?　横浜《じもと》なら多少は案内できるけど…うっかりしてたら人買いと間違われるよ、英二さん」

「失礼なガキだな、一晩たっても。もちろんお前に合わせてもらうに決まってるだろ！　ほら、無駄口叩いてないでこっちにこい！　車を停《と》めてある」

「――――――車？」

でも、でもそんな僕に英二さんは、ムッとしたように言葉を続け、腕を引っ張りながら、停《と》めてあるという車に案内した。

と、校門の脇にあったのは黒のゲレンデワーゲンだった。

しかも、誰でも知ってるだろう〝ベンツマーク〟の付いたシンプルだけど、ゴツイやつ。

「ほら乗れ」

「えっ…えっ!? これが英二さんの車なの!? だって…だってこれベンツじゃんよ！ しかもメジャーな高級サルーンとかじゃなくって、マニアなRV車っ！ 4WDのロングタイプおベンツ様じゃんよ！」

「なんだ、結構お前もカー・マニアじゃん。だったら別に驚くことはないだろう？ ベンツはドイツじゃ国産車だし、一般商用車だぜ。バスとかトラックとかさ」

「そりゃそうだけど……でも」

でも……って言いつつ、僕は扉を開けてもらって助手席に座らされた。

『右側の助手席なんて、僕には初めてだよ。しかも、この車、中古になっても七百万下らないってクラスの車じゃんよ〰〰〰っ』

中とか特別に豪華～って車ではないんだけど、それだけエンジンとかが優《すぐ》れモノってやつで。

英二さんの持つワイルドな部分には、ピッタリと当て嵌まっていた。

「まぁ…デートに見合う車じゃねぇけどな。走りはいいから我慢しな」

『でも……このスーツに、このサングラスで。この花束にこの車で立って待ってたんだよね。これじゃあたしかに〝不審《ふしん》人物〟に思われるよ。巡回中のミニパトのお姉さんだって声かけるよ』

ただし、職権乱用で逆ナンパとかされても、仕方がないぐらい〝カッコイイ♡〟けどさ。

「んじゃ。夜までたっぷり、付き合ってもらうぜ」

英二さんはそう言ってアクセルを踏みこむと、学校のある山《や》の手《ま て》から、一路港《みなと》方面へと車を走らせた。

『………英二さん』

僕は、心のどこかで〝偽造なのに〟〝呵責なのに〟〝契約なのに〟と呟きながらも、十分の再会が、その何十倍もの時間に膨れ上がったことが、嬉しくて嬉しくてたまらなかった。


それは、まるで映画かドラマのワンシーンみたいなデートだった――――。


僕は、制服を着替えるために、まず最初に洋服を買ってもらった。

英二さんは破いたTシャツのことがあるから、気にしないで弁償させろ…って言って、Tシャツにパンツとパーカーをおまけして、それに似合うスニーカーまで、ほぼフルセットで買ってくれてしまった。

僕の中に、いいのかな、悪いよ…って気持ちと、純粋に嬉しい♡　って気持ちが交錯する。

それに、本当に英二さんは自分で〝ケチじゃない〟って言うだけあって、気前がいいと言うか、財布の紐《ひも》が緩くって。

なんだかそれはそれで〝心配〟な気にもなってくる。

でも、英二さんは僕が戸惑っているうちに、さっさと次の目的地に移動してて。

車は〝みなとみらい〟へ。

〝中華街《ちゅうかがい》〟へ。

〝山下《やました》公園〟へと、ポンポンポンポン走っていった。

その手際のよさというか、移動のスムーズさというかは絶妙で。

僕は、その場所ごとに目一杯楽しませてもらいながらも、〝英二さんって一体!?〟って何度も何度も思わされた。

けど、一番凄いな…とか思ったのは、僕に夕食前にきちんと〝家に電話〟を入れさせたことだった。

夕食は食べて帰るから——ってことを、ちゃんと母さんに伝えさせて。

遅くても必ず十時前までには送り届けますから…って、直接コメントまでして。

はっきりいって、僕本人の信用以前に、親の信用をゲットしてるってところが、本当に凄いと思わされたんだ。

名前と住所と、電話番号と。

あとは、大学生です…ってこと以外、何もわかってない人なのに。

それこそ、その大学だって〝世田谷方面〟にあるらしい…ってことしか見当がつかないし。

他にわかっていることといえば、極上な顔と肉体を持っていること。

立ちふるまいや身に付けているものからいって、ナンパな人には見えても、決して一般的な生活をしている人ではないだろう………って、しみじみ思わせることだけなのに。

『母さん…絶対に英二さんのこと、もう直先輩と同じぐらい信用してるし気を許してるよな〜』

おまけに英二さんってば、ちゃっかり中華街でお菓子のお土産《みやげ》まで買ってくれて。

『このいたれりつくせりには、きっと葉月でも目を丸くするだろうな』

僕は、後部席に置いてある花束やお土産や制服なんかをチラリと見ると、なんかひたすらに、

〝はぁ…〟

って、溜め息が漏《も》れそうだった。


そして八時を回った頃。

走っていた車は、多分ここが最後のデートスポットになるんだろう。本牧埠頭《ほんもくふとう》の一角で、ゆっくりとブレーキがかけられた。

「ちょっと、ブレイクな」

英二さんは、そう言って車のエンジンを止めると、切れてしまった空調の代わりに運転席の窓を全開にした。

『……うわぁ』

日中ほどの暑さはもう感じられなかった。

潮風がほのかに冷たくて、心地好い。

すっかりエンジンを止めてしまったことで、波の音がより鮮明に聞こえてくる。

目の前には、隔たりをなくした夜の空と海があって。

そこには一等星と街の明かりが、いつになくキラキラと光って見えた。

「はーっ…遊んだ遊んだ。こんなまともなデートくさいデートは何年ぶりだぁ？」

英二さんは壮快そうに呟くと、運転席のシートと肘かけを倒しながら、ゴロリとその場で横になった。

「え？　じゃあ、デートくさくないデートって、どういうデートなの？」

僕は、ランドマークでいっぱい遊んでもらって。

中華料理をご馳走《ちそう》になって。

食後の散歩がてらに山下公園で余所《よそ》のカップル覗《のぞ》き見して。

それをネタに馬鹿な話とかしちゃって。

すっかり、ご機嫌になっていた。

「はぁ～い♡　って会ったら、飯食って二、三発やって、じゃあな～ってやつだな」

「――――――ぅっ」

なのに、英二さんのデリカシーのない一言で、ムカムカッってさせられる。

「類は友を呼ぶというか…なんというか。俺の周りには、忙しくて自分本位で、自立してて。おまけに快楽主義の女しかいねぇからな。お互いその場が気持ちよければ、スッキリしたね♡　また都合が合えばやろうね～ってなもんだからな」

英二さんは、そんな話をしながら僕の顔をジッと見ると、反応というか様子を窺っているみたい言葉を付け足した。

「入れこんで、貢《みつ》いで、可愛がってやろう♡　って、気分にはならねぇんだよ。菜月みたいに」

「――――は!?　なにそれ」

いっ…入れこんで貢いでって……。

僕は、その言葉をどう解釈していいのかわからなくって、英二さんと目を合わせながら、眉を顰《しか》めてしまった。

「なにそれって、言葉のままだよ。菜月はさ、〝そうだったのか～♡　もぉ英二さんってば♡　僕のことが可愛いんだ♡〟…って、実感しねぇの？　俺、かなり今日はお前に対して、気合い入れて頑張ったんだけどなぁ」

「…………がっ…頑張ったって言われても」

それを否定するシーンなんか、一つも思い当たらなかったけど。

「そりゃ、楽しかったし嬉しかったし、面白かったけどぉ。だから〝英二さんは僕のことが可愛いんだ♡〟なんて、図々《ずうずう》しいことは思わないよ」

だって、それこそ呵責と契約で〝恋人〟って役割を、英二さんなりに完璧にこなしてくれてるんだろうし。

いくら僕が、舞い上がるほど嬉しいシチュエーションの連打を受けても、そこまでは。

「……そこまで、僕は自惚れないよ」

自惚れんな…って、最初に言われちゃってるしさ。

「…………そう返すか。こりゃ一本取られたな」

でも、そんな僕の言葉に、英二さんはちょっと苦笑して見せた。

その表情は妙に…大人っぽくって。って……英二さんは立派に大人なんだけど。

僕には、子供の僕には奥が深すぎて、意味がよく掴めない。

「それにしてもお前はさ、菜月はさ…。俺って人間のプロフィールには全然興味ないのか？」

「――――え？」

急にそんなことを聞かれても、困惑しちゃうだけで。

「だってよ、かれこれ四〜五時間一緒にいるけど、何も聞いてこないじゃないか。例えば大学はどことか、専攻は何とか。誕生日はとか、趣味はとか………」

「それって、聞いてくれってこと？　僕に、英二さんのあれこれ」

行きずりなのに。

「いいや。そういう意味じゃねぇけどさ。知り合ったばっかの人間っていうのは、それなりにそういう突っこみがあるんじゃねぇかな〜と、思っただけだよ」

「でも、それなら英二さんも僕には何も聞かないじゃん」

今だけの関係なのに。

「それは…俺には改めて聞かなきゃいけねぇような必要がねぇからだよ」

「必要が……ない？」

「ああ。悪いとは思いつつ、お前の荷物を調べさせてもらったときに、プロフィールのギッシリ書きこまれた手帳を見てるし。一昨日《おととい》から昨日《きのう》にかけてのなりゆきから、菜月の近況事情やら家族構成はほぼ見えてる。それに、今日はご丁寧に学校まで覗きに行っちまった上に先こうに取っ捕まった。おかげで、菜月の学校生活や授業態度のデータがいろんな形で、俺の耳には入ってきた」

「────っ！　それって…凄い一方的じゃないの？」

すぐに離れてしまう関係なのに。

「だろう？　俺は…出会って三日目にして。多分、現段階でお前って人間を九割は把握してると思うぞ。なのに…お前はせいぜい俺をわかってても五割程度だろう。しかも、そのほとんどが〝英二さんって結局ただのナンパなんじゃ〜ん〟みたいな方向ばっかで」

「でも…それで話を聞いて十割知ったとしても…、やっぱりただナンパなだけじゃん！　って、オチにはならない保証はあるの？」

「————!!」

大人な英二さんの言葉から、一体何を感じ取ればいいのか。

子供の僕にはわからない。

っていうより、わかりたくない…っていうのが本音かもしれないけど。

『だってさ、もしも知れば知るほど…今よりもっと好きになっちゃったら、僕は自分で自分の首を締めるだけなんだもん』

たとえナンパでも。

ぶっきらぼうでガラが悪くっても。

今より〝こいつなんて奴ーっっ〟って、思うことばかりがわかったとしても。

知れば知るほど、もっと好きになってしまいそうな予感が拭えないから。

「参ったな。その保証はねぇな。思いきり二本目を取られたって感じだ。確かに、俺は十割ナンパな男かもしれねぇや」

「それって……英二さん。認めないで少しぐらいは否定しなよ」

英二さんの悪ぶった態度や言動の、内側に秘められている優しさに、もっともっと嵌まってしまいそうな気がするから。

だから、今以上、これ以上はわかりたくないし、知りたくないって————。

「何言ってるんだよ。否定できないぐらい俺を追いつめてるのは菜月のくせに」

ねぇ、英二さん。

僕は、今こうして一緒にいられるだけで、凄く幸せなんだよ。

「追いつめてるはないでしょ～。僕は〝僕の知る英二さん〟を正直に語ってるだけだよ」

わがまま言った〝十分〟が、いきなりこんなに立派なデートになって。

「なるほどね。じゃあ、そこまで俺をご理解してるなら、ここから先の遠慮もいらねぇよなぁ？」

きっと、この契約が終わってからも、しばらくは忘れられないと思うけど。

その度に思い出して、悲しくなって切なくなって、泣きたくなっちゃうかもしれないけど。

「――――――遠慮？」

だからこそ、今一緒にいてもらえる時間を心から楽しんでるんだよ。

「そう。ナンパな男とデートコース歩むと、最後は必ずこういうことになるってことだよ」

「――――――!!」

心から、楽しんでたはずなんだけど…………。

「お約束だ。わかってんだろ」

英二さんがその一言と同時に身を乗り出してきて、助手席のシートと肘掛けを手早く倒した瞬間に、それは一転してしまった。

カクンって体がシートごと倒れる。

「しようぜ、菜月」

あからさまな言葉を向けられて。

僕は、持っていたはずの余裕もゆとりも平常心も、全部きれいに吹っ飛んだ。

英二さんは、浮かべていたはずの苦笑を微笑に変えると、助手席に完全に身をずらしながら、僕に覆《おお》い被《かぶ》さってきて。

「えっ…英二さん？」

僕は、それこそ心臓の音も声も、一気に三オクターブぐらい跳ね上がっちゃって。

両手で力一杯、英二さんの体を押し退けた。

「カー・セックス、しようぜ」

でも、そんな抵抗なんか、英二さんにはあってもなくっても関係なくって。

怖いけど、カッコよくって鋭くって、綺麗な面差しを、惜《お》しみもなく僕の顔へと近づけてきた。

「なっ…やっ！」

どうしよう。

このままだとキス…される？

男だってわかってて、キスなんかしないとか言ってたノンケな英二さんは、一体どこいっちゃったの？

「今夜はちゃ〜んと、キスから順番に」

英二さんは、今にも唇が触れるか触れないかの距離で、僕に意地悪なくどき文句を囁《ささや》き続けた。

鼻と鼻がチョンってぶつかる。

「お互い前向き合って、抱き締め合って。オーソドックスでシンプルなセックスをさ♡」

僕は、その台詞を向けられるだけでも恥ずかしくってクラクラしちゃうのに。

英二さんは、押し退ける僕のことなんかお構いなく、左手を僕の背中とシートの狭間に滑り込ませ、軽く抱き締めてきた。

『――――!!』

僕は、そこから逃れようとして身を捩《よじ》る。

「やだよっ」

言葉にも出した。

「や、じゃなくって。こういうときは〝うん〟だろう？」

「いやっ…やだよっ！　そんなはずないじゃん！」

けど、この抵抗は見せかけだった。

それこそ英二さんじゃないけど、迫られたときには恥じらってみせる、受け身側のお約束みたいなものだった。

「放してよっ」

だって、僕はきっとここに車が停《と》まったときから、
山下公園散歩してたときから、

ううん、もっと前に。

十分がちゃんとしたデートになるんだって言われた時から、こうなることを期待してた。

心の片隅で、期待してた。

「やなこった」

英二さんが、優しくしてくれること。

英二さんが、抱き締めてくれること。

英二さんが、僕を求めてくれること。

だから、英二さんから強引にしかけられることは、決して嫌なことではない。

「放してってば、英二…さんっ」

僕は、そんな期待があったことを自覚すると、恥ずかしくなってギュッと目を瞑った。

体を、カチンカチンに固まらせて。

言葉では嫌だと言いながらも、英二さんがこのまま無理やり進めてくれるのを、体はじっと待ってた。

そんな僕のことなんか、きっとお見通しなのかな？

「俺達〝恋人同士〟なんだろう？　ん？」

英二さんは、クスクスと笑いながら、僕の頬に触れてきた。

大きくって暖かい手で頬を包んで。

そのまま優しく、こめかみの方へと何度か撫で上げた。

「今は、俺がお前の恋人なんだろう？」

熱い言葉と同時に、甘い吐息が唇にかかる。

『――今は。今だけは、英二さんが僕の恋人』

唇は、もう合わさるスレスレのところまで接近してるのがわかる。

「だったら……これは自然なことだろう？　恋人同志の欲求として」

そして僕は、期待どおり呼吸を塞がれると、頭が真っ白になった――。

「んっ…っ」

波音だけが、微かに耳に絡みつく。

でも。僕の意識のほとんどは、触れるだけの、合わさるだけの、英二さんの唇へと向けられていた。

「――――chu♡」

数秒後だろうか？

英二さんは、自分の唇を僕の唇から離しながら、わざとらしく音を立てた。

それだけで頬がカッとしちゃって、僕は恥ずかしさから顔を逸らして首を竦《すく》ませた。

「可愛いな…お前」

なのに、英二さんはなおもクスクスと笑いながら、僕に気が遠くなりそうな言葉を向ける。

再度言葉を呟いた、唇を向ける。

「………んっ」

改めて合わされた唇は、何度も角度を変えて僕のそれに合わされた。

僕は、自分から求めることはしなかったけど、英二さんのすることに、それらしい抵抗は何も見せなかった。

だって、期待してたんだもん――っていうよりは、本当にこういうシーンに直面すると、心臓がバクバクしちゃって、思考能力も低下してきちゃって。

このキスに対して、何をどう返すべきなのか、なにもわからなくなっていた。

「んっ…んくっ」

英二さんは、そんな僕の態度を〝同意〟と取ったのか、しだいにキスの濃度を上げてきた。

「本当に………可愛いよ」

合わせるだけのものが、押しつけるみたいになって。

閉じていた唇が徐々に開いて。

吐息が互いの口内を行き交うようになると、英二さんは湿った舌先を差しこんできて、逃げ惑う僕の舌先を追いかけ回した。

「んくっ……んっ」

英二さんのキスに、僕の肉欲が目覚め始める。

肉体が勝手に、一昨日の夜に得た快感をジワジワと思い出して。

同じものを、ううん…それ以上のものを、貪欲に求め始めてる。

『いいのかな？　僕…。こんなことしてて…いいのかな？』

英二さんを求め、また求められることで生まれる悦び。

でも、それとは裏腹に。僕の中には〝現実への不安感〟も、どこからともなくわき起こった。

「んっ……ん」

罪悪感にも似たその感覚は、僕の胸をギュウギュウと締め付け、肉体を必死に快楽から引き離そうとした。

「……英二さん……っ」

けど僕は、その胸の苦しさから逃れたくって。

今しか溺れることのできない快楽に酔ってしまいたくって。

自分から英二さんの首に、両手をそろりと絡ませた。

ほんの少しだけど、自分から舌先も絡み付かせてみた。

「んっ……っん…」

それはオドオドとしてて、ビクビクとしたものだけど。

英二さんの言う、向かい合って、抱き締め合うって…形になった。

「――――菜月」

僕は、その体勢で改まって名前を呼ばれると、ギュウギュウとして、痛くて苦しかった胸が、ジン…ってして安堵《あんど》を覚えた。

英二さんは、そんな僕の反応に気をよくしたのか、首筋に顔を埋めてくると、

「好きだぜ…」

って囁きながら、僕のTシャツに手をかけた。

『――――――っ』

僕は、その言葉が〝英二さんからの社交辞令みたいなもの〟なんだってことはわかってたけど、目頭が熱くなってくるぐらい、嬉しかった。

「菜月…好きだ」

英二さんの右手は、そこからあっという間にTシャツに中へと潜りこんできて。

僕の鼓動が高鳴る、左の胸へとたどり着いた。

「――――――やんっ」

僕は、胸の突起物を指の腹で触れられると、無意識に色めいた声をあげてしまった。

ビリッって、まるで電気が走ったみたいに、その部分に悦びを感じるものがあって。

でも、漏れた声を自分で耳にすると、あまりに乱れてて驚いちゃって、心底恥ずかしくなった。

「イイのか？　ココ」

けど、英二さんは、その声の元がなんであるのか確かめるように、その部分を続けて擦ると、僕

の顔をジッと見ながら、反応を窺った。

「――――イイんだろうな。起ってるもんな」

僕は、強い視線を感じながらも、瞼を決して開かなかった。

「ん……やっんっ」

突起物が、コリコリになって、英二さんの指で撫で擦られる。

まるで、指の腹で丹念に丹念に円を書くように。

英二さんは、しばらく淡々と同じことを繰り返していた。

「――――っ」

けれど、同じ刺激に慣らされ、僕の声が漏れなくなると、英二さんは僕のTシャツを捲り上げて、その部分に直に唇を寄せてきた。

「――――あっんっ！」

素肌に、突起物に。

突然キスをされて、歯を立てられて。

僕は、体をピクッって引きつらせた。

「やっ…英二さんっ……やっ」

僕が、その部分に強く反応することを確信すると、英二さんは舌と唇と歯列を駆使して、一ヵ所に次々といろいろな刺激を送ってきた。

「あ……っんっ……やぁっ……痛いっ」

舌先で転がすように嘗められたり。

唇で挟んで吸われたり。

時折歯を立てられて噛まれたり。

「やっ……っんっ」

きっと、その部分が充血して擦り切れるぐらい。

僕は、その一点だけを攻められ続けた。

「もぅ…もぅやぁっ」

でも、しばらくすると、それでは物足りない僕が現れ始めた。

「気持ち…いいのか？　ん？　こっちも、同じようにしてやろうか？」

英二さんは、自分の腹部辺りで僕のものが起ち始めたのに気づくと、パンツのベルトに手を伸ばしてきた。

「――――やっ…やだよっ」

「何が〝や〟なんだよ。こんなにして。そういやお前、後ろは処女だったけど、前のほうはどうなんだよ。触ってもらったり、口でされたことあんのかよ？」

あの男に、直先輩に――――。

とは、言葉にも声にも出さなかったけど、英二さんの口調は、明らかに僕の経験を問いただしているみたいだった。

「ここに…菜月の可愛いココに…こうして…さ」

英二さんは、慣れた手つきでベルトを外し、ボタンを外し、ファスナーを下ろすと、躊躇《ためらい》もせずに下着の中に手を滑りこませてきた。

「――――――――――っ！」

と、すでに熱くなってる僕のを掴む。

まるで、その部分の貞操を確かめるみたいに。

形を確かめるみたいに。

英二さんは手のひら全部で包みこむと、ゆるゆると僕のものを擦り始めた。

「はあ……っんっ……はぁっ」

「こうやって…気持ちよく出してもらったことは…あるのかよ」

僕は、そんなこと聞かないでよ！　って思いながらも、本当は何もかも英二さんが初めてだよ！　って、言ってしまいたかった。

「菜月のHなココに…こうやって擦ったり、しゃぶられたりさ」

でも、それは言葉には出せなかった。

首を振りながら〝されたことなんかないよ、こんなコト！〟って合図は送ったけど、はっきりと言葉での否定はできなかった。

だって…そうじゃなくっても、僕がバックヴァージンだったことで、英二さんは罪の意識を持っている。

それなのに、ココを触ったり触られたりどころか、実はキスもあなたが初めてでした！　なんて、いまさら英二さんには言えないよ。

『なにもかも…初恋以外は…英二さんが初めてなんて……言えないよ』

その見た目より重く感じているだろう呵責を、ますます重くさせてしまいそうで。

僕への同情を深めてしまいそうで。

『直先輩とは、手を繋いだだけ。抱き締められただけ。好きだよって…視線と言葉を交わしただけで、ホッペタにキスの一つもされたことなかったなんて、いまさら言葉にできないよっ！』

本当のことは、言えないよ。

「菜月～。そのいやいやじゃ、俺にはどうなのかわからねぇな」

でも、そんな僕の真意は、英二さんには通じなかったし、気づいてもらえなかった。

僕の〝合図〟が気に入らない…って口調で、英二さんは声も仕草も少し乱暴になった。

『英二さんは、肯定でも否定でも、僕の言葉で過去の事実を知りたかったんだろうか？』

それとも、ただ悪戯に聞いたことに、答えて欲しかっただけなんだろうか？

僕に、Hなこと言わせようとかいう、意地悪ネタを作りたいだけなんだろうか？

「やっぱ、直接…ココに聞くしかねぇのか」

僕は、英二さんの表情から真意を探ろうと思って、恐る恐る目を開けた。

と、英二さんは、最初のときほど酷くはないけど。

ちょっとムッとしたような、意地悪してやれ…みたいな顔つきで、僕のことを見下ろしてた。

「なぁ、菜月」

んでもって、僕と目が合うとククッって片笑みを浮かべて、目を細めて。

「お前…体は正直だけど。中身は変な見栄《みえ》張って、事実をごまかそうとするからな。やっぱとことん追いつめねぇと、言葉には出さねぇタイプだもんなぁ」

いきなりギュッッッ！ って僕のを根元から陰嚢《たま》ごと握り締めて、パッて手を離した。

「痛ったーいっっっっっ！」

僕は、埠頭中に響くんじゃないかって悲鳴を上げると、英二さんの肩を思いっきり突き飛ばして、体を後ろに引いた。

でも、倒れているとはいえ、しょせん座席範囲での後退なんかたかが知れてて。

『うぁーんっっ！ 痛いよ痛いよ痛いよーっっっ!! これってやっぱ単に英二さんの性癖だよぉ！根本的ないじめっ子だよっっっっ！』

僕は後部席までの逃避さえできず、股間を押さえて半泣きするしかなかった。

「そうか？ そりゃ悪かったな。うっかり話に熱が入って、手にも力が入っちまったぜ」

「うっかりじゃないよ！」

なのに、英二さんは俺がピョンピョン飛び跳ねたいぐらい泣きが入ってるのに、全然悪気なんかなくって。

「そんなに痛かったか？」

ってシラって聞く。

「痛いよっ！　当たり前じゃないかっ！」

「んじゃお詫びに、痛い所をしゃぶってやるから出してみろ」

その上、英二さんは自分の体を起こすと、フロントにぶつかるぐらい後ろに身をずらし、両手で僕のベルト部分を掴んで、一気にひっぱった。

「いっ…いやーっっっっ！」

僕は、悲鳴を上げると同時に、下着ごとパンツを膝上まで下ろされた。

「信じらんなーいっっっ！」

僕は、必死にこれ以上は剥がされまいと、いや、できることならパンツや下着を元にもどそうとして、左手で股間部分を隠しながら、右手をパンツへと伸ばした。

「信じろよ。ちゃんと嘗めてしゃぶって、気持ちよーく痛いの忘れさせてやっから♡」

けど、英二さんはそう言いながら、容赦なく僕から残りをはぎ取り、

「ん…邪魔だなコイツも」

ブツブツ怒ってはスニーカーも一緒に脱がせて、僕の下半身をむき出しにした。

「あん？　でも靴下はどうする？　そのままだとちょっとマニア入ってるぜ。やっぱ脱ぐか？」

「えっ…えげつなさすぎるよ、英二さんっっっ!!」

もう…僕にできる抵抗といえば、結局両手で股間を押さえて、絶叫することだけだった。

でも、英二さんは、

「なにがだよ？」

ってわざとらしく聞きながら、僕の靴下もポイポイと脱がせる。

「こんなの酷いよっっっっ！」

僕は、恥ずかしくって恥ずかしくって憤死しそうだった。

なのに、英二さんは自分のほうも着ていたスーツの上着に手をかけると、

「ばーか、俺の〝酷い〟のは今始まったことじゃねぇんだよ」

舌を出しながら、肉づきのきれいなナイスバディを僕の前へとさらけ出した。

上半身裸の英二さんに下半身裸の僕なんて、これだって十分マニアだよっ！

何がオーソドックスでシンプルなセックスなんだよ!!

「ただ、俺がここまで酷いことしたくなるのは、さすがに菜月が初めてだけどな」

英二さんは意味深な、それでいて震えが走るような魅惑的な台詞を吐きだすと、脱いだ上着を運転席へと投げて、僕のほうへと腕を伸ばした。

「ほら、泣いてないでその手をどけろ」

英二さんは身を乗り出すと、僕の両方の足首を掴み、無理やり開きながら自分のほうへと引き寄せた。

「いやっぁっ……」

特別狭くはないけど、広くもない車内。

しかも、シートを倒しているとはいえ、助手席一つのスペースに男が二人。

僕の体は、英二さんが両足を両腕にそれぞれ乗せてのしかかってきたために、かなり深く折り曲げられて、無理やり腰を浮かされた。

「手をどけろって」

「やだーっっっっ」

両手でしっかりと押さえていなければ、股間のすべてが見られてしまう。

僕は、どんなに体勢がきつくっても、この手だけは絶対にココから離すまいと心に誓った。

「しょうがねぇなぁ」

でも、英二さんはそんな僕を見下ろしながら、ニイッって微笑むと。

「えっ…英二さんっ……やっ！」

僕が必死で防御する場所に顔を埋《うず》めて、手の甲《こう》をペロリと嘗めてきた。

「————なっ!!」

手の甲から指の一本一本へ。

指の狭間から両手の隙間へ。

そして、その手で隠された周辺の部分へと、つつ…っ舌先を走らせ、時に全体で嘗め上げて。

唇で吸い上げ、歯を立て、とにかく背筋にゾクゾクくるような、目茶苦茶な攻撃をしかけてきた。

「………英二さんっ…やだっ」

いっそ、この手を無理やり剥がして好きにすればいいものを。

英二さんは、僕が自主的にここから手を離すことを無言で要求してくる。

「やっ……んっ……っ」

指先から、手の甲から。腕へ肩へと快感がかけ上がっていく。

『この手を離したら、どれ程の快感が僕に降りかかってくるんだろう？』

嫌でも、そんなことを思わせる。

両脚を広げられた恥辱に加え、英二さんは〝未知なる快楽〟を予感させ、期待させることで、僕の肉体を煽り、どんどんと高ぶらせていく。

「――――はぁ…はぁっ」

僕は、しだいに膨れ上がってくる欲望の象徴を、自分の手の平に感じ始めていた。

その姿勢のつらさも手伝って、呼吸も乱れ、荒くなってくる。

「菜月は…強情だな」

英二さんは愛撫《あいぶ》の合間にそう呟くと、必死に絶えてる僕の両足を一旦《いったん》肩に担ぎ上げ、空《から》になった両手で僕のウエストの部分を抱き寄せた。

『ひーっっっ…これじゃほとんどプロレス技だよっ』

そして、指先だけで辛《かろ》うじて覆っている蜜部に照準を定めると、その部分にだけに唇と舌を絡ませてきた。

「————————っっ!!」

特に、蜜部を直接塞ぐ僕の中指には、執拗なぐらい絡み付いて………。

「んっ……っ」

それでも僕が死守しようとすると、とうとう焦《じ》れったくなって。

英二さんは僕のウエストを左腕で抱き直し、空いた右手で僕の両手をとっぱらった。

「————————やっん!」

防御をなくした瞬間に、僕の蜜部には英二さんの唇が触れ、その窄《すぼ》みには舌先が容赦なく入りこんできた。

「やあっっん…あっっ!」

英二さんは、舌を奥へ奥へと潜りこませながら、入り口を丹念に潤していく。

そして、その潤いに紛《まぎ》れて舌と指の一本を取り替えると、僕の中に一気に差しこんできた。

「あっん……んっ……っっ!!」

英二さんの指の腹が、二つ関節が、僕の中で自在に蠢《うごめ》く。

「どれ、この前の傷はどうなった？　ん？」

「やっ……っん…はぁ…っっ」

まるで、肉の内壁を探索するように、ヒダの造りを探るように。

「まあ、それなりに…ってとこか。でも、今晩無理したらまたスプラッタだな。明日学校に行けなくなっちまう」

クチュクチュ…って小さく一定に音を立てながら、僕の中を――――。

「ぁ…ん…んっんっ…」

「……これじゃあ今夜は、指以上は入れられねぇな」

英二さんは、そんなことを呟きながら、僕の中に指を抜き差しし続けた。

「ま、菜月にしてみりゃ、この程度の感触のほうが、ただ気持ちよくなれて嬉しいんだろうけどな」

たしかに。

今日の僕には、最初のときみたいに〝変な効果〟のあるジェルなんて塗られてないから、もっともっと強い刺激が欲しい…なんて気にはならない。

むしろ、英二さんの指の一本がスムーズに動いて、肉壁へと絡み合うぐらいのほうが、適度な快感が得られてちょうどいいのかもしれない。

「ん？　そうだろう？」

英二さんの肩に投げ出された僕の足は、その事実を彼に伝えるみたいに、指の動きに合わせてピクンピクンと力が入った。

「ん……ん…はぁ…はぁ…もぅやぁっ」

「なんだよ菜月、これだけでイケそうなのか？」

いつしか僕は、その体勢からくるつらさや、ジワジワゆっくりと送りこまれる快感に肉体を支配されて、きつく瞼を閉じていた。

自分自身を手で覆い隠すことさえせず、肘掛けの端をギュッと握り締めていた。

「やあん…っやっ……あっ」

口では嫌だと言いながら、一方的に身悶《みもだ》える僕を、英二さんはどんな気持ちで見つめているんだろう？

『波が…波音が。まるで僕の肉欲を支配する快楽の波長と、同調して聞こえる』

「イケるなら、イッていいんだぞ」

英二さんの声、不思議なぐらい穏やかで優しい。

「イッてみな、菜月」

と、僕の肉壁は。

まるでその言葉に導かれるみたいに、突然強く指に絡み付いて、キュウキュウと締め始めた。

「あっ………んっ……」

密部の入り口から奥のほうへ。

奥のほうから背骨へと、走り抜けるような悪寒が走る。

「んっ…ぁぁっん!!」

けど、それは悪寒じゃなくて。

ずっと予感していた、期待していた〝快感の一つ〟なんだってことは、僕にもわかっていた。

なぜなら、僕はまともに触れても擦ってもいないのに、後ろだけをいじられて。

その刺激だけで、呆気ない一度目を放ってしまったから。

「――――――やっん」

しかも、飛び出したそれは、よりによって体を折られた僕のほっぺたに飛んできて……。

『信じらんないよもぉっっっ！　自分のが自分の顔にかかるなんてっっっ』

「おお…。ひとり顔《がん》シャとはまた技モノだなぁ♡」

英二さんに思いっきり笑われた。

「…………っ！」

僕は、飛ばしてしまったあとを隠すように、自分の指先で頬を拭う。

けど、それはベッタリとした感触を逆に頬に広げてしまったようで、手にまでベタベタをくっつけてしまった。

「……やーん」

僕は、自業自得で不快指数を上げてしまい、情けなくって泣きたくなってきた。

「ばっか。あとでちゃんと拭いてやるよ。ほら…その手をよこせ」

英二さんはそんな僕を見越してか、僕の汚れた手を取ると、ベタベタがくっついた指先に自分の舌を這わせて嘗め取った。

「――――――――っ‼」

そして英二さんは、ひととおり指からベタベタを嘗め取ってしまうと、僕の手を放して再び蜜部のほうに舌を這わせた。

「――――――――んっ‼」

そうしながら、徐々に体を後退して、僕の折り曲がった姿勢を楽なものにして。

僕の、まだ完全に萎《な》えてはいないものを握り締めて、軽くキュッキュッてしごいてから、唇を寄せた。

「えっ……えいじ……さんっ？」

生温かくって、ねっとりとした口内に僕自身が囚われる。

「やっ…駄目だよ……っ！　そんなこと…駄目っ」

僕は、一度目の射精に追いこまれた段階で、自力では這い上がれないぐらいの悦楽に陥っていた。

けど、そんな僕を英二さんはさらに奥深い所へと堕とそうとする。

「やめて…やだ…駄目」

堕として堕として、快楽の奈落《ならく》に僕を閉じこめようとする。

「なんで？　俺はこうされんの好きだぜ。うまいか下手かは、ちょっと自信ねぇけどな。まぁ、菜月にするならまだテクはいらねぇだろうけどさ」

それも今度は、その唇で、舌先で。

「お前、しゃぶられんの初めてだろう」

「――――――――っ!!」

「それどころか人に触られるのも、イカされるのも。本当は、俺が何もかも初めてなんだろう？」

「…………そっ…そんなこと…」

ないよ！　って言ったほうが、英二さんはホッとするだろうか!?

それとも――――。

「まぁせいぜい経験してて、おままごとみたいな抱擁《ほうよう》ゴッコとキスぐらいで。いや…うっかりしたら、それさえ俺が初めてで」

それとも、そうだよって…自白してしまったほうが、英二さんは喜んでくれるんだろうか？

「そうなんだろう、菜月」

駄目だ。

僕にはわからない。

この事実が英二さんにとって、呵責を募《つの》らせるだけなのか、別の形になるのか。

英二さんの行動からも、微苦笑からも、僕は何も読み取ることができない。

『わかんないよ――――――っ』

英二さんは僕が何も答えないと、会話で中断させた愛撫を再開した。

「…………あんっ！」

今までより、もっと僕のを深々と銜えこんで、舌を絡めて。

「やっ……止めてっ」

ただ一方的に、僕の体に快楽を与え続けた。

『わからないよ…英二さん。どうして？　なんで…こんなことするの？』

今だけなのに。

今だけの恋人で、今だけの肉欲の捌《は》け口かもしれないのに。

「駄目っ…や……んっっ」

初めてのときのように、僕にすべてを強要するならまだわかるけど。

どうして今日は、僕にばっかり……こんなふうに？

僕は、身も心も一方的に堕とされていくだけで、英二さんの気持ちが…全然わからないよ。

「駄目だよ…もう離してっ！」

「駄目じゃねぇんだよ。これが〝気持ちいい〟って、今日はお前に体で覚えさせせるんだから」

だって、こんなことされて。

こんなふうにメロメロにされちゃったら。

「だって出ちゃうよ！　僕…我慢できないもんっ」

「我慢しないで、出したらいいだろう？　全部俺が受け止めてやるよ」

僕は……これからどうすればいいの？

「そうやって俺が菜月にとって〝一番気持ちのいい男〟なんだって、骨の髄《ずい》まで覚えるんだよ」

英二さんとのHに、ただ〝気持ちがいい〟なんて、もう思えないよ。

Hだけじゃなくって、もっと…もっと別なことを期待しちゃうよ。

「そんなこと思えないよっ」

肉体だけじゃなくって、心も満たされたいって……欲張《よくば》っちゃうよ。

「だったら思うまで何度でもイクんだよ！」

英二さんに…〝本当の恋人にして欲しい〟って、わがままなこと思っちゃうよ！

「やぁっ…はなしてっ…離してお願いっ……!!」

英二さんは、ノンケなのに。

英二さんは、ただ僕に呵責を感じてるだけなのに！

三日間という契約が終わったら、それきり会えなくなっちゃう人なのに!!

「イッちゃうよ…っ…出ちゃうよっ……っ英二さんっっ――――!!」

僕は、欲情を操られるまま、英二さんの口の中で二度目の絶頂へと上りつめた。

「ん……っくっ」

握り締めていた肘掛けに、爪が激しく食いこみ、先が欠けた。

今放つことのできる精液のすべて放ってしまう間、全身が硬直して、呼吸が止まって。

僕は、英二さんの温もりだけを一点に感じながら、愉悦《ゆえつ》の底へと堕ちていった。

「――――あっつぁっ…っ」

英二さんは、僕の放ったものをそのまま飲みこんでしまうと、その後もしばらく僕に、愛撫を繰りした。

手で擦ってしごいて、転がして。

唇でキスして、舌を這わせて嘗めてしゃぶって。

それこそ、僕のものから蜜部までを、ドロドロに溶けてなくなりそうなぐらい、縦横無尽《じゅうおうむじん》に愛撫した。

僕はもう…何も吐きだせないぐらいに絞《しぼ》りだされて。

精力はおろか、体力も気力も何もかもが尽き果てて。

シートにぐったりと身を投げたまま、英二さんのなすがままになっていた。

「ひっ…く……っ」

英二さんの言葉ではないけれど。

僕は〝他人に導かれて得る快楽〟というものを、本当に骨の髄まで覚えこまされてるような気がして、途中から怖くなって涙が溢れ出した。

「……ひっ…く…っひっ…く」

だって、今日はこの前みたいな〝変なジェル〟も使ってないのに。

僕の体はこの前と同じぐらい…ううん。

英二さんへの思いも重なってるから、それ以上に〝快感〟っていうものを心と体で知ってしまったんだ。

今日は、何も言い訳が立たないのにっ。

僕の体は、こんなにHなんだって、英二さんにも知られちゃったんだ。

「ひっく……ひっ…く」

「なんだよ菜月。泣くほど気持ちがいいなら、イイって言葉で吐きだしちまえよ。この前みたいにもっともっとって、よがって悶えて。ついでに俺にこうしてああしてってって。ココが気持ちいいって。こうされると死んじゃいそうって、甘えてせがんでさ」

僕は、微かに聞こえる英二さんの言葉に、もう返す言葉が思いつかなかった。

「人間、溺れるときはとことん溺れて、理性なんか飛ばしちまったほうが〝楽《らく》〟になれるんだぞ」

ただ…胸中に巡る疑問だけが、セーブもできずに口を吐《つ》いちゃって。

「楽になったら…どうするの？」

「―――――ん？」

「どこまでも溺れて…っ、理性が…なくなっちゃって。それで〝今〟は楽になって…も、そのあとは…そのあとは…どうしたらいいの？　僕は…そのあとは…どうしたら…いいの？」

とりとめもない思いを、言葉にしてしまった。

「きっと…きっと英二さんのことばっかり考えて、求めちゃって。Hなことばっかり考えちゃって……僕…おかしくなっちゃうよ……」

「――――菜月？」

「英二さんが側にいないと…苦しくって……悲しくって…切なくなって」

溺れてしまうのは簡単だけれど、楽になった分、僕はきっと何倍も苦しくなる。

「ずっと…ずっと泣いて…泣き続けて。水分なくなって…死んじゃうよ」

約束の三日間が終わったあと。

英二さんと、お別れしたあと。

もう会えないんだって…自分に自分で呟いたあと。

「英二さんいなくなったら…死んじゃうよ」

苦しくなって、悲しくなって、本当に…本当にきっとどうにかなっちゃうよっ。

「…………お前っ」

「だから…ここで〝楽〟になんかなれない……よ」

腕を伸ばせば、きっとその胸に甘えることもできるけど。

キスしてって、いっぱい抱き締めてって、せがむこともできるけど。

それからどうしていいのか、わからないから。

そのあと…どうなってしまうのか、わからないから。

好きって思いを、自覚すれば自覚するほど。

「楽になったら…それだけ苦しいもん。一人になったとき…悲しいもん」

僕は、溢れて止まらない涙をパーカーの袖で拭いながら、なんで〝こんな馬鹿なこと〟しちゃったんだろうって…後悔が過った。

英二さんと知り合って、なりゆきでヴァージンあげちゃって、こんなに好きになったことには、全然後悔なんかしてないけど。

どうしてあのとき〝本気でナンパ〟しちゃわなかったんだろうって。

アルバイトして…なんて、言っちゃったんだろうって。

「でも……ずっと一緒にいられないもんっ!!」

そればかりが悔いになって、涙が溢れた。

散り際のいい恋するんだって…昨夜は覚悟を決めたばっかりなのにっ。

「ずっと…一緒に…いられないもん」

身も心も英二さんに溺死寸前の僕には、泣き散らかすことしかできなかった。

そんな僕の様子を、英二さんはどう受け止めたんだろう？

身を乗り出して僕に体を重ねてくると、

「………かなわねぇな。ったく、お前には」

溜め息混じりに呟いて、僕の手をどかして目許《めもと》にキスをしてきた。

「そんな殺し文句…どこで覚えたんだか」

流れた涙を、全部キスで拭った。

『………英二さんっ』

それから、額と額をコツンって合わせて。

「このまま…家に帰せなくなるじゃねぇか」

ギュッ…って、抱き締めてくれた。

『英二さんっ!!』

僕は、言えるものなら〝帰さないで〟って、言ってしまいたかった。

このまま…こうしていてって。

僕のこと抱き締めててって。

でも、でも英二さんは、抱き締めながらも僕の腕に嵌まっている時計で時間を確かめると、

「もう…次は、次のデート指定は、絶対に休日前にしろよ！　いいな！」

「――――――――!!」

「約束のタイムリミットだ。今日のところは、家に送る」

体を起こして、潔《いさぎよ》いぐらい簡単に、僕から離れてしまった。

英二さんは、車に積んであったウェット・ティッシュを取り出すと、ぐったりしたままの僕のあっちこっちを拭ってくれた。

『……次のデート指定』

けど、僕はそんな恥ずかしいことされてるにもかかわらず、英二さんのなにげない言葉のほうに意識を持っていかれてて、また〝着せ替えゴッコ〟の延長みたいなことをされてしまった。

しっかり後始末されて、身繕《みづくろ》いされて。

母さんに約束した十時前には、お土産つきで、家の前まで送り届けられてしまった。


「それじゃあ菜月、またな」

僕に向けられる英二さんの言葉と笑顔。

「ありがとう。おやすみなさい」

そのいずれにも、今は〝次〟があることを物語っている。

けど、いずれ〝またな〟は言われなくなる。

〝次〟は、なくなる日が訪れる。

『デートの…〝指定〟か』

僕は、家の前で英二さんの車を見送ると、本当に自分から、

『次を最後にしなくっちゃな――――』

って、心に決めた。

約束したのは三日間。

僕の都合に合わせて、英二さんを拘束《こうそく》する三日間。

言葉のかけ合いだけで言うなら、残りは〝あと二日〟あるけれど。

『あと二回も会ったら…僕はもっとだらしなくって、みっともない姿を英二さんに晒しちゃう』

溺死寸前どころか、僕は完全に溺死してしまう。

『さすがにそれは嫌だから。次を…最後にしなくっちゃ。今日みたいに、あんなふうに。情けないことにならないように、しなくっちゃ』

残されたあと一日で、直先輩と葉月に安心してもらえるように。

英二さんにも、〝まぁ暇潰《つぶ》しとしては悪くなかったな…〟ぐらい、思ってもらえるように。

『どうしたら最高の一日をすごせるのか…今度は僕が考えなくっちゃ』

考えている間だけは、僕は英二さんの恋人でいられるから。

本当にありがとうございました…って言うまでは、英二さんも恋人気分でいてくれるから。

「ただいまー。お土産買ってもらっちゃったー♡」

だから僕は、今夜は精一杯の笑顔を作って家に入った。

英二さんって人が、今日の僕を、どれだけ幸せにしてくれたか、葉月に知ってほしくって。

5

その日の夜から、僕はずっと次に英二さんに会う日のことばかりを考えて過ごしていた。

そもそも僕が、この〝恋人アルバイト〟を思い立ったとき、期間を〝三日〟と定めたのには一応の訳というか、予定を考えてのことだった。

最初に会ってもらうときには、大して言葉なんか交わさなくってもいいから、葉月や先輩に一緒にいるところを目撃してもらって、僕に彼氏がいるんだよ…って、その存在を知ってもらえばよかった。

二度目に、学校に彼氏のお迎え♡ っていう〝いかにもパターン〟を決めたのは、校内で囁かれている〝先輩と僕が別れた〟って噂を、それは〝噂じゃなくって事実なんだよ〟って…無言のうちにアピールしたかったから。

そして三度目には、できることなら直先輩と葉月を誘って、Wデート。

同じ場所に出かけても、常に別行動できるような場所であれば、どうにかそれらしく見えるだろう…なんて思ってたから。

とにかく、一週間に一度そんな感じで計画が進めば、黙ってても夏休みに突入しちゃうし。

夏休みに入ったら、二人で旅行するんだ～♡　とか言って、一人でどっかに一泊や二泊してくれば、Hな関係にまでなっちゃったもん♡　って思わせられる〝完全犯罪〟みたいな予定だったんだ。

でもって、僕がそんな状態を見せつけつつ、葉月を煽って夏休みの間に先輩と完全にくっつけちゃえば、二学期が始まった頃に「喧嘩して別れちゃったー」とか言って笑ってすませば、この嘘は完了するはずだったんだ。


『………なのに…こんなことになるなんて。自分で計画した偽造恋愛に、自分だけがまんまと嵌まっちゃうなんて』

先輩や葉月のなりゆきうんぬんよりも、よもや〝自分のほう〟をどうにかしなきゃならなくなるなんて、僕には誤算としかいいようがなかった。

『まぁ…そのおかげで。先輩と葉月とは手っ取り早く話し合うことができて、あとくされも残らないぐらいスッキリしちゃったけどさ』

あちらを立てればこちらが立たず。

こちらを立てれば…。

いや、立てることはないけど、あちらは絶対に立てなきゃ。

『僕の運命って、どう転んでも〝皮肉〟だよな』

いや、こうなると運命がどうこうというよりも、単純に物事を考えて、行動しちゃう僕そのものに問題があったんだけどさ。

『けど、予定がすべて予定のようにはいかなかったんだからこそ、一つぐらいは計画どおりに事が運んでもらわないと。本当に僕って一体なにしてんの!? ってオチになっちゃうよな〜』

せめて、葉月と直先輩にだけは〝僕のことはもう本当に大丈夫なんだよ〟って心から感じてもらって。

お互いのことを一番に考えてもらって。

お付き合いを始めてもらって。

『ってなると、残り一日の過ごし方としては……。やっぱり最初の予定どおり〝Wデート〟の企画をたてるのが一番いいよな〜』

僕はそんなことを考えながら手帳を開き、七月のカレンダーを眺めながら、間近に迫る期末試験の予定なんかをマジマジと眺めていた。

『ただし…。そうなると絶対に試験明けじゃないとまずいよな。なにせ…僕と葉月はもともと勉強なんかろくすっぽしないから問題ないけど。入学以来学年トップで、まだ二年だっていうのに名門東都《とうと》大学の受験に備えてる直先輩には、そういうわけにいかないだろうしな〜』

なんて、同じことを考える日々が、〝またな〟と言われた日から何日も過ぎてるんだけど。

『やっぱ…試験休みの土曜日…かな? 翌日休みだし、大学だってこの日程なら休みに入ってるだろうし……。夏休みまで引きずってもな～』

と、不意に下から電話のコールが聞こえた。

でも、それはすぐに受話器が上げられて。

微かに漏れてくる話し声から、葉月が出たことがすぐにわかった。

『あ…母さんに代わらない。ってことは、直先輩かな？　ここのとこ毎晩かかってきてるし』

なんて詮索すると、〝いいな…〟って羨む気持ちが、僕の中にぶわぁって溢れてきた。

電話がかかってきて、いいな。

電話ができて、いいな…って。

僕には声を聞きたくっても、それだけのために電話をかけることは許されない。

この日程をきっちりと決めて、次のお願いを伝えるまで。

英二さんの大切な時間を、これ以上僕のために、一秒たりとも無駄にはできない。

『……英二さん』

ピンポーン！

『────ん？』

なんて、メロウになってると、今度は玄関のチャイムが鳴った。

下からは、今度は「ハーイッ」母さんの声。

『あれえ？　こんな時間に誰だろう？　父さんは出張だし…あ、回覧板か』

とか思ってたら、

「菜月ーっ！　早乙女くんが見えたわよー」

僕が母さんに呼ばれた。

しかも、今なんて言った⁉　みたいな内容で。

「えっ…英二さんが⁉」

僕は『嘘っ！』って思いながらも、破裂しそうなぐらいドキドキする心臓を押さえて、部屋から飛び出し、階段を駆け降りた。

「とうとう現場を押さえたぞ葉月！　やっぱり電話に出てるのはテメェじゃねぇかよ！　菜月のふりなんかしやがって！　小賢《こざか》しいったらありゃしねぇ！」

「なっ…なんで家にくるんだよ！　早乙女英二！」

と、なぜか電話の子機を握り締めた葉月と、携帯電話を握り締めた英二さんが、玄関先でバトル状態になっていた。

「うるせぇっ！　テメェが素直に菜月に電話を繋がねぇから、俺様がわざわざ足を運ぶ羽目になったんだろが！　第一、声でわかんだから素直に菜月に代わりゃいいんだよ！」

『――――――なんだこれ？』

僕は、その様子に唖然《あぜん》としている母さんの後ろで、一緒になって唖然としてしまった。

「何が俺様だよ！　毎晩毎晩電話なんかかけてきやがってイヤラシイっ！」

『え？　今…なんて言った？　葉月』

毎晩毎晩………電話って!?

『それって…まさか、電話かけてきてたのって、英二さんっだったってことなの!?』

僕は、葉月と英二さんの会話に割って入るより、驚きと喜びが先行しちゃってドキドキの激しくなった胸をさらにギュッて押さえてしまった。

「なっ…なんで電話かけただけで〝イヤラシイ〟んだよ！　あー、お前さては！　自分が電話をそういう〝イヤラシイこと〟に使ってんだろう！　だから勝手にスケベな妄想しやがって！　このエロガキっ！」

「なっ…なんてこと言うんだよ！　信じらんないよ！　このエロジジイっっっ！」

でも、さすがにここまで話がブッ飛ぶと、ときめいてもいられなかった。

『あっ……母さんが…母さんが聞いてるのにこいつら〰〰〰〰〰っ!!』

僕は、慌てて玄関に降りると、

「えっ…英二さんってば！　だから葉月と喧嘩はやめようよ！　大人気ないっ！」

扉を開きながら英二さんの腕をひっぱった。

「何言ってるんだよ！　俺は喧嘩を買っただけだぞ！　売ってきたのは葉月のほうだ！」

この場を静めるには、英二さんを表に出して、葉月と引き離すのが一番手っ取り早い方法だと確信して。

「ふーんだ。大人気なーいっ。大学生にもなって高校生相手にっ。ベロベロベーだ!!」

「葉月もそういう言い方しないのっ！　英二さんに向かって〝ベロベロベー〟は失礼だろうって！　もぉ………って、英二さんもやり返さないでよ！　いい男なんだから、やめてよ！　そういう顔すんのはっ！」

けど、二人は〝なんでこんなにっ!?〟ってぐらい、ムキになって両目でアッカンベーして、舌をベロベロさせていた。

「――――――――ぷっ！」

母さんは、母さんで。

この二人のやり取りの内容に〝きわどい何か〟を感じる前に、笑いのつぼを刺激されたみたいで。

「くくくくっっっっ」

両手で口を押さえながら、奥へと消えてしまった。

あーあー。僕は、この訳のわからない状態に、一人軽い目眩《めまい》を覚えた。

「とっ…とにかく、ココじゃ話にならないよ。英二さん表に出て！」

でも、このままじゃどうにもならないから、一応英二さんには出てもらって。

「菜っちゃん！」

「葉月は付いてきちゃ駄目だからね！」

葉月には釘を刺して、僕も表に出て行った。

「――――英二さん！」


玄関を出ると、英二さんは僕に〝付いてきな〟って目で合図した。

僕は、言われるまま付いて歩くと、家の前には英二さんの車が駐車されていた。

英二さんは、後部席の扉を開けると、

「乗れよ。菜月に渡したいものがあってきたんだ」

って言った。

「渡したいもの？」

僕は、なんだろう？　と思いながらも、言われるまま車へと乗りこんだ。

すると英二さんも僕の隣に乗りこんで、パタリと扉を閉めた。

街灯だけが頼りの密室は、僕に数日前の情事を思い起こさせる。

でも、今夜の英二さんには、全然そういうフェロモンは漂ってなかった。

やっぱり、葉月との大人気ないやりとりのほうが、余韻としては強く残っているんだろうか？

「ほらよ。これだ」

なんて思ってると、英二さんは〝僕に渡したいもの…〟らしい紙袋を助手席から取り、さらにその中身を手に取り僕に渡してくれた。

「――――なに？　このピッチ」

僕は、英二さんから手渡された真新しいスケルトン・ブルーのＰＨＳ電話機を見ると、〝ん？〟って顔をして、首を傾げた。

「菜月専用の回線だよ。今日作ってきたんだ。名義も支払いも俺だから安心して使え」

「――――えっ…ええ!?」

けど、英二さんから発せられた説明に僕は絶句。

傾げた首はピシッと真っ直ぐになった。

「ただし、それは基本的には〝着信専用〟で、そのピッチから発信できるのは契約した指定番号の三ヵ所だけだ。だから、かけられるのは菜月の家に、俺の自宅と携帯のみ。まぁ、トランシーバーの代わりだと思って、俺への連絡に使ってくれ。ほら、この袋に説明書だの充電器が入ってる。持っていけ」

「――――もっ…持っていけって言われても」

ハイともイイエとも答える前に、もう手に持たされてるよ。

「英二さんってば………もぉ」

「しょうがねぇだろう？　そうでもしねぇと、俺からの連絡がつかねぇからな」

「………連絡が…つかない？　僕に？」

「ああ。お前の家、一回線しかない上に、お前も自分専用の携帯なんて持ち歩いてないだろう。なのにこの時間帯に必ずっていっていいほど、電話に出るのは〝葉月〟なんだ。俺はこれでも多忙な最中に毎日電話入れてるっていうのに、それを切られてえらい不機嫌だぞ！」

「――――――――‼」

やっぱり、さっきの会話。

僕の聞きまちがえじゃなくって、英二さんのほうから僕に電話をくれてた…ってことなんだ。

「本当、あいつはシャアシャアと菜月のふりして適当なこと喋りやがって、揚げ句に代われって言ってるのに〝じゃあね〜っ〟て切りやがるんだ。それも毎回だぞ！　大した根性だな葉月もっ」

しかも、それを受けたのは全部葉月で。

「…………葉月が…電話で僕のフリをして？」

僕が、直先輩と喋ってるんだと思ってたのは、英二さんとだったんだ。

「………そりゃ…たしかにすごいシャアシャアかも。電話の相手が英二さんだったなんて、僕全然気がつかなかった」

「よっぽど嫌いな俺と、大事な菜っちゃんが、イチャイチャすんのが気に入らないんだろう。だから、今夜はこうやって奇襲をかけて、あいつの首根っこ掴んだんだよ。まぁそれ以前に、お前が俺に連絡をよこしゃ、もっと簡単に話が通じたんだけどな！」

あ…英二さん。

この口調と視線ってことは、実は妨害した葉月より、連絡そのものをしない僕のほうに怒ってる。

「で、なんでお前は、自分からは俺に、三日も四日も電話一本よこさないんだよ」

「え？　なんでって…まだ〝次の予定〟がはっきりと立ってなかったから」

「なんだと?」

「だから…次の予定が立ってないのに、用もないのに…僕が電話したら悪いでしょ?」

「────!!」

でも、英二さんは僕の言葉に対して、一瞬〝妙な表情〟をした。

怒ってる…っていうのとは違う気がするんだけど…なんて言うか、例えようのない。

僕には感情が見えなくって掴めない、複雑な表情を。

「………菜月、お前な」

うわっうわっうわっ、でもやっぱり怒られるのかな!?

声にドスがかかってるっ!

「でっ…でもね! 明日には電話しようと思ってたよ! 本当だよっ!!」

僕は、せっかくきてくれた英二さんにご機嫌を取ろうと思って、必死に言葉を吐きだした。

「試験明けに予定を組もうかな…って思ってたから。だから、葉月や先輩にも予定を聞いて確かめてから、電話しようって思ってたの!」

「────あ? 葉月や、あの男の予定?」

けど、それって単に墓穴だったみたいで。

「そう…。次の予定は〝Wデート〟だから。葉月と、先輩と、僕と…英二さんの四人で」

「よっ…四人でWデートだぁ!?」

英二さんは見るからに大激怒だった。

「うっ…うん。あの二人に英二さんが、こんなに素敵な人なんだよ〜って、認めてもらうために。一日一緒にいてもらって、無理やり納得させようと思って」

僕は、それでもめげずに説明を続けた。

「ほ〜。菜月の考えそうなチンプな作戦だな。まぁいい、それは許してやろう。けどな、それで俺の予定を確認するのが〃一番あと回し〃っていうのはどういうことだ？　さすがに〃葉月の兄ちゃん〃だけあって、いい根性じゃねぇか」

なのに、英二さんは鋭い目をさらに鋭くして、指まで鳴らして僕ににじり寄ってくる。

「お前らガキのスケジュールに、もっとも多忙だろう俺様が都合をつけろってか！　あ!?」

僕は、ピッチを両手で握り締めながら、後退りして扉に背中をくっつけた。

「ごっ……ごめんなさーいっっっ！　忙しいなんて知らないもんっ！　でも、これが英二さんとの契約じゃんよ。英二さんのペナルティじゃんよーっっっ」

「まだそうくるかっ！」

英二さんは僕を怒鳴りながらバン！　って、窓ガラスに両手を付くと、僕をその腕の中に囲って睨みつけた。

「まっ…まだもなにも、僕は三日間っていうか、三回付き合って下さいって言ったじゃんよ！　まだ明確には一回しか頼んでないし…お願いは二回残ってるでしょ！」

「じゃあ！　その二回が残ってるうちは、俺に無条件で都合を合わせろってことなのか！　相談もなしに事後承諾か!?」

「むっ…無条件までは言わないよっ。それに、あとの残りの一回はお願いを減らすから！　これが最後だと思って、日程合わせて僕のわがままに付き合ってよっ!!」

「――――なんだと!?　最後だと!?」

僕は、自分で喋っちゃったにもかかわらず、英二さんに「最後」って言葉を出されて、胸が痛くなった。

「……うん。最後だから。僕、もう…英二さんと契約だのペナルティだのっていうのは言わないから。そういうの…つらいし。嫌だし。二人の間には…もうなくしたいんだよ、契約なんて」

「………それは、本当なのか」

〃最後〃を確認されて、目頭が熱くなった。

「本当だよ。嘘は…言わない。もう…英二さんに…こんなこと頼まない。でも…最後にどうしても、あの二人には納得してもらわないと困るの。英二さんが僕の恋人に相応《ふさわ》しいって、頼れる人なんだって。納得して認めてもらわないと、あの二人僕のことにばっかり関与して、自分達が付き合おうってふうにならないんだもん！」

感情に流されるまま、また僕は余分なことまで口にしてる。

「でもな菜月、だからWデートしてどうにかなんのかよ？　あいつらは、根本的にお前が好きで、俺みたいなナンパタイプが嫌いなだけだぞ。一日潰したって、やっぱりあんな奴には菜月はやれないよ！　とか、難癖《なんくせ》つけるに決まってるだろう」

「だったら、一日だけでいいから、そう言われないような英二さんになってよ！」

「――――――――なんだと!?」

「先輩や葉月がグウの音も出ないぐらい。紳士で大人で、優しい…。ナンパじゃない、葉月が羨むような…。先輩が敵わないって思うような。そんな素敵な僕のダーリンになってよっ！」

それでもって、口にしてから気がつくんだ。

「ダーリンって………お前なぁ。それっていうのはよ。そのWデートとかってやつで、場合によっては俺があの男を、お前ら双子の王子様を、男としてケチョンケチョンに凹《へこ》ますような真似をしてもOKってことか？」

「――――――――!!」

英二さんにズバッっと突っこまれてから、気づくんだ。

「だったら気合い入れて、紳士にでもダーリンにでもなってやるぜ」

今までずっと、真綿《まわた》に包まれたように〝綺麗ごと〟を並べてきたけど。

本当は、そうじゃない思いが、もっと奥深い…僕の根底にはあったんだってこと。

『そう…僕は、英二さんに会うまで目茶苦茶に苦しかったんだ。悲しかったんだ。切なかったんだ。でも、本当はそれ以上に、悔しかったんだ――――――――!!』

「俺は、あの手の〝上品ぶった男〟を凹ますのは大好きだからな」

『心変わりされたこと。その先がよりによって菜月だったことが……。悔しくて悔しくて、仕方がなかったんだ』

だから、当てつけたかったんだ。

見せつけたかったんだ。

僕から心変わりした先輩に対して、僕にはもっといい男ができたもんね！　って。

全く正反対な英二さんを紹介することで、少しでもいいから先輩のこと…貶めたかったんだ。

『僕には、もう先輩なんか必要ないんだよ――――って』

それが、見た目で英二さんを選んだ一番の理由だったんだ。

『……最低なのは…僕のほうだ!!』

なのに英二さんは。

僕の深層の思いを見抜いてるだろうに、不敵で優しい笑みを浮かべた。

「この際だから、俺どれだけナンパな男か、教えてやるよ」

「――――!?」

こんな僕の醜い思いを、敢《あ》えて見て見ぬフリをするように。

「ただしあいつは、菜月を泣かせた男だ。凹まし始めたら容赦はしねぇぞ」

「――――英二さん」

呆れることもなく、蔑《さげす》むこともなく。

「それでもいいなら快《こころよ》く付き合ってやるよ。そりかわりそのWデート、日時とコースは俺に全部まかせるんだぞ」

「ええ!?　英二さんに!?」

「なに、ちゃんとお前らのテスト期間は考慮してやるよ。その上で〝高校生の王子様〟には企画できないデートコースを用意して、お前ら全員一日十分楽しませてやるから」

それで気がすむなら、俺はお前の望むようにしてやるよ……って。

「その代わり、お前も本当に自分が言ったことは守れよ。あのアルバイト契約の件は、本当にそこでチャラだぞ。もう俺に向かって、契約がどうのペナルティがどうのって、言うんじゃねぇぞ」

これが、最後だからな……って。

「あれを蒸し返されると、俺だって多少は良心が痛むんだからな」

「――――ごめんなさい」

「ま、とにかく葉月達には最善の努力ってやつをしてみっから。そこから先は、お互い〝楽〟になろうぜ、菜月」

英二さんはそう言って一笑すると、僕のほっぺたに軽くキスをしてから、囲った腕を解いた。

『――――英二さん』

そして、僕が手中に握り締めていたピッチの電源を入れると、短縮でセットされている三番目のボタンを押して見せた。

すると、数秒後には英二さんの上着のポケットから、携帯電話のベルが鳴って。

「————————！」

僕が今手にしている小さなピッチが、英二さんとの〃ホットライン〃なんだってことを、証明してくれた。


そして数分後。

「それじゃあ…気をつけて帰ってね。くれぐれも事故なんか起こさないようにね」

「ああ、サンキュ。菜月も夏風邪なんか引かないように、せいぜいテスト勉強に励めよ」

「それって馬鹿は風邪引くぞって言いたいの!?」

「————さあな♡　んじゃ」

英二さんは、わざわざ車から降りると、僕を玄関の中まで送り届けてから、慌ただしそうに立ち去った。

僕は、遠ざかっていく車の音が、何も聞こえなくなってから部屋へと戻った。

「あいつ、もう帰ったの？」

部屋に戻ると、葉月は〃文句の一つや二つ、言われるのは覚悟してる〃…って顔つきで、僕に話しかけてきた。

「うん。大学生なんか暇なのかと思いきや、英二さんはなんか忙しいみたいだよ。僕らのテストが終わる頃くらいまで、顔が出せないから…って。それで電話をね♡」

でも僕は、文句の一つや二つは言わずに、預けてもらったピッチを葉月に見せびらかした。

「うわっ！　何そのピッチ！　まさかあいつ…僕が菜っちゃんに電話を取りつがなかったから？」

「そ♡　専用回線だって♡　ありがとう葉月。葉月のお邪魔のお陰で、これもらっちゃったーっ♡しかも、テスト明けまでは英二さんに会えないな〜なんて思ってたのに、会いにきてもらっちゃったし♡　本当にありがとう♡」

その上、本気で〝ありがとう〟とか言っちゃった。

「――――ぷーっ！　なんだよそれぇ。ちぇーっ。早乙女英二のやつぅ。相変わらず顔に似合わずまめなことしやがってっ！　なんであいつはああなのかな？　ルックスだけいったら、菜っちゃんの好みからは遠い人種なのにさ、しかけてくることはだけは菜っちゃんのつぼついてくんだよね」

葉月は、頬を膨らませながら、面白くなさそうにベッドへと寝そべった。

「…………僕のつぼ？」

僕は机の上に荷物を置きながら、そんな葉月に視線を送る。

「そう。菜っちゃんのつぼ。この前の時計といい、そのピッチといい。あっからさまな束縛じゃん。お前は俺のものなんだーみたいな〝縛り系アイテム〟のプレゼント」

「しっ…縛り系って。なんか妖しいよ、その言い方」

「でも…そうでしょ。時計も電話も、基本的には人間の時間を束縛する品物じゃない。猫型人間ならそんな束縛勘弁してよ〜って感じるかもしれないけど、基本的に菜っちゃんは犬型だからね。なんだかんだいっても、遊んでかまってくれる人が一番好きじゃない。次に、餌《え》づけしてくれる人！」

僕は、葉月に向かって〝違うよ！　僕はそんなんじゃないよ！〟って言えない自分が、ちょっと…ちょっとな気がした。

「そんな、遊んで…かまってくれて、餌づけしてくれる人なんて言わないでよ。本当に…英二さんまんまなんだから」

「そんな簡単に認めないでよ。あーあもう…菜っちゃん本当にあいつに嵌まりまくりなんだから」

「………しょうがないじゃん。これぱっかりは。言い方悪いけど…先輩より英二さんのほうが、僕には嵌まりキャラだったんだもん」

「……………わかってるよ…もうそれぐらい。だから悔しいんじゃん。心配なんじゃん」

葉月は、さらにプスッと膨れると、枕を抱えながら僕を見た。

「────葉月？」

「………だってさぁ。僕も…最初は意地悪で電話取りつがなかったけど、バレちゃったのが悔しくって、二度目三度目はかなり本気で〝菜っちゃん〟して電話に対応したんだよ。なのに…もしもしって言っただけで〝またお前か葉月〟って言われてさ。今まで…電話でまで僕らを見分けたっていうか…聞き分けた奴なんて、いなかったじゃん。先輩だって、さすがにこればっかりは一度も間違えなかったわけじゃないしさ。あいつが…なんか特殊なのは僕にもわかるよ」

「…………」

「でもね、もしも…もしもそんな奴に今度、何か行き違いがあってさ。菜ちゃんがあいつと駄目になっちゃったら、菜っちゃんどうなっちゃうんだろうって…僕はそれが心配なの！　先輩にだって…そりゃラブラブでメロメロで…結果的には、あんなにたくさん菜っちゃん泣いたんだよ。でも…先輩とは…なんにもなかったじゃん。ホッペにチューの一つもなくって、それでもあんなに…あんなに泣いたのに。何もかもあげちゃったあいつとどうにかなっちゃったら…僕、菜っちゃんが壊れちゃいそうで…怖いんだよ！　心配なの！　だから…僕が邪魔できるうちに切り離したいの！」

「――――葉月」

「そんなことないって信じたいんだよ。そんなこと考えながら付き合うなんてナンセンスだしね。でもね、なんか…今の菜っちゃんの中にある気持ちって、ただのラブラブメロメロじゃないような気がしてならないの。先輩のときより大好きって気持ちが強いのは凄くわかるの。でもね！　先輩の時には…なかった不安が…感じられるの。どうしてだろう？」

どうしてだろう…は、僕の台詞だよ葉月。

どうしてそこまで、伝わってしまうんだろう。

ううん。伝わり合ってしまうんだろう。

葉月の気持ちも痛いぐらいに伝わってくる。

葉月、初めの頃みたいに英二さんのこと毛嫌いしてないよね。

先輩より年上なのに、ずっとずっと大人なのに。

すぐ側まで、隣まで近づいてきて、同等に言い争って喧嘩してくれちゃう英二さんのこと。

少しずつだけど、好感を持ってくれてるよね。

だから、心配してくれてるんだ。

僕の思いの中に、不安があるから。

なんでこんなに好きになってるのに、ただ好きではいられないんだろう？

不安があるんだろう……って。

「それはね葉月。僕が…きっと英二さんには、全部見せちゃったからだよ」

僕は、机から離れると、葉月のベッドへと歩いて腰かけた。

「全部…見せちゃったから？」

葉月は、枕を抱えながら起き上がる。

「うん。全部あげちゃったから。心も…体も、思いも何もかも…。全部見せて、全部あげちゃったから。だから、僕にはもう取り繕うものがないの。英二さんには、ごまかせるものがないの」

「…………ごまかせるものって？」

「僕ね…先輩の前では、きっといい子だったよ。自分の好かれてるだろうって、自信のある部分ばっかり強調して。多分こういうのは嫌われるんだな…って、他人との接触を見ながら察したことは、自分では絶対にしなかった。可愛いねって…言われてたかったから。いつも菜月が好きだよって…言われたかったから。先輩の機嫌を損《そこ》ねるようなことなんか、きっと気がつかなかったアルバイト以外は、してなかったと思う」

「……菜っちゃん」

「多少のことなら、何かあっても。いつでも取り繕える要素を、たくさんたくさん残してた。だから、大丈夫だろうってたかをくくって、こんなことになった。先輩とはね、別離《わかれ》がくるなんて思ってもみなかったし、考えてもいなかったよ。だから、毎日ラブラブでメロメロでいられたの」

きっと、それはそれで〝幸せ〟だったと思うけど。

「けどね…英二さんは突然目の前に現れた人だから。突然…好きになった人だから。僕は英二さんの好みなんか全然わからないし、彼の周囲も知らないから、そこから好き嫌いを察することもできないの。だから、取り繕うなんて余裕もなくて、僕はいつも何かやらかしては怒られてる気がする。褒《ほ》められるより、可愛がられるより、いっつも英二さんにムッて顔されるの。あの人ってば、そういう気は遣ってくれる人じゃないからさ…容赦ないし」

でも、今感じる〝幸せ〟とは、ちょっと違う気がする。

「そうやってパタパタしてるうちに、短い時間しかまだ付き合ってないんだけど。僕はいつの間にか全部を英二さんの前に晒されてたんだ。いいところも悪いところも、醜いところもなにもかも。本当に…嫌われちゃったらあとがないやってぐらい。フォロー利かないや…ってぐらい。だから好きの裏側に、不安が付きまとってるんだよ…きっと」

「………菜っちゃん」

「葉月にも…近いうちにわかるよ、この気持ち。僕のことより先輩しか見えなくなって、全部きれいさっぱりあげちゃったら。きっと…わかる。好きだからこそ、不安になるの。でもその不安があることにさえ、時として酔えるぐらいメロメロになってる自分がさ」

「不安に…酔えるの？」

「うん。僕にさ…英二さんいなくなったら、死んじゃうかもって…不安があるとするでしょ。そうするとね、その反面で〝ああ…僕ってばこんなに彼が好きなんだ〟って、恋してる自分に酔えちゃうの。早い話、それなりに図太く不安と渡り合っていけるようになるってことかな？　だから、不安はあっても大丈夫なんだ」

「不安と渡り合うのか……。なんか…そうやって説得されちゃうと、ここのところすっかり逞《たくま》しくなっちゃったって、感じだね。菜っちゃん」

「そりゃ逞しくならざるをえないよ。だって英二さんだよ、僕が今付き合ってるの。やわなこと言ってたら付いていけないよ、実際」

僕は葉月から枕を取り上げると、フフンって、英二さんみたいに笑って見せた。

「あー、開き直ってるしーっ。そういうふうに言われちゃったら、僕…どうやって割りこんでいいかわからなくなっちゃうじゃん」

「だから割りこまないでよ。こればっかりは。僕も葉月と先輩の間には割りこまないから！」

「やーっ。そういう言い方寂しいのっ」

葉月は、プッーって頬を膨らませると、僕から枕を奪い返す。

「でもね、僕が逞しく英二さんと付き合えるのは、葉月のおかげでもあるんだよ」

「僕のおかげ？」

「そう。いつかまた失敗こいちゃっても、今度は葉月って泣きつく場所があるもの。その時は悲しくって一時《いっとき》壊れちゃうかもしれないけど、必ず葉月が側にいて癒してくれるじゃん。僕のこと…立ち直らせてくれるじゃん。そう信じてるから」

「────────菜っちゃん」

「だから、葉月も僕のこと信じてよ。信じて、僕の今の気持ちを共感できるような〝精一杯の恋〟してみてよ。もちろん、実は先輩じゃそこまで燃えられないよ〜っていうなら、別の誰かが現れるまで頑張らなくってもいいよ。僕だって、葉月には一番夢中になれる人と恋してほしいし、先輩だけがイイ男じゃないもん。他に幾らだって探せばいるよ。種類は違っても英二さんみたいにさ」

「菜っ…菜ちゃん！　そこまで言う!?」

「うん。だってさ、世の中気合い入れて見渡すと、結構広いよ。僕達学校内でしか見渡してないから先輩がキラキラして見えただけかもよ。もしかしたら、葉月のダーリンは別にいるかもしれないじゃん。あ！　いっそ英二さんにお友達でも紹介してもらう？　大学生はいいよ〜、車持ってるし運転できるし、遊び方知ってて♡」

「そっ…そんなのいらないよっ!! 僕のダーリンは直先輩なのっ! 先輩みたいな王子様、他になんていないよ! カッコイイんだよ、優しいんだよ! 頭よくってスポーツ万能で、多芸で生徒会長で学園理事長のご子息様だよっ! 運転なんかできなくったって、お抱えの運転手も車も持ってるじゃん! 遊び方だってきっとこれから………って、菜っちゃん!」

葉月は、このとき初めて僕に対して先輩のことを主張してきた。

僕としては、聞きたかった葉月の言葉がひっぱりだせて大満足だったんだけど、どうも策略が当たりすぎてニヤニヤしちゃったら、葉月は真っ赤になってプープーする。

「なんか…そういう嵌め方、早乙女英二っぽいよっ!」

僕は、もしかしたら本当に英二さんに似てきたのかもしれないけど、ついつい照れ隠しに怒ってる葉月が可愛くなって。

「葉月〜っ、早くダーリンと、ファースト・Hできるといいねぇ〜♡」

「菜っちゃんっっっっ!! それを言うならファースト・キスが先でしょう!!」

からかったら、枕でバシバシ殴られた。

でも、なんかこんな話を葉月とできるのが嬉しくって、楽しくって、その夜はとりとめもない〝男の自慢話〟に花が咲いた。

僕達…たしか双子の〝姉妹〟じゃないはずなんだけど………うーん。まいっか。

それからすぐに七月に入って、半月ぐらいは本当にバタバタと日にちが過ぎ去った。

学生には〝これさえなければ学校って楽しいのに！〟って、決まり文句が出ちゃうテストがあって、一夜漬けに追い立てられて。

でも、英二さんはそんな僕に毎日電話を入れてくれた。

特別に用があるわけじゃないんだけど、〝今日はどうした？〟とか〝勉強の具合はどうだ？〟とかって内容で。

難しくてわからないところがあると、勉強も教わったりして。

あ…英二さんって本当に一応は大学に通ってる人なんだ…とか失礼なことも思ったりした。

それからたまに、〝一人Hしてるのか？　いけねぇだろう…もう自分じゃ〟なんて、エロいこと言われて喧嘩して切っちゃったりもしたけど。

その夜は、本当に英二さんのこと恋しくって、欲しくなって、葉月に悟られないように声を殺して目茶苦茶ハードな一人Hもしちゃった。

電話を切ったあととか、もらった時計に頬を寄せてるだけで、涙が出てきちゃう夜もあった。

でもなんかそんな日々が、本当の恋人同士のやりとりみたいで、僕はタイムリミットの近づいた幸せを、堪能《たんのう》することができた。

そうして夏休みも間近になった十九日、僕は葉月や直先輩と一緒に、英二さんプロデュースの〝Wデート〟に、最後のデートに招待されることが決定した。

葉月はこの際だからとことん英二さんって人を見てやろうじゃん！　みたいに張り切ってた。

直先輩は、英二さんのプロデュースするデートコース…っていうところに、一抹《いちまつ》の不安が隠せない…って顔してたけど。

葉月ともどもじっくり見させてもらうよ…って感じで、同行することを了解してくれた。


その日は、朝早くから直先輩が僕達の家にきてくれて、そこに英二さんが車でお迎えにやってきた。僕は、あのときはああは言って頼んだけど、一体英二さんが今日一日を〝どんなダーリン〟してくれるんだか、想像がつかなくってヒヤヒヤしてた。

「おはようさん。お迎えにきたぜ」

第一印象――真っ白な半袖のコットンシャツにストレートジーンズ。

ボタンは下から二個ぐらいしか止まってなくって、胸元丸見えって感じだけど、ダブルのスーツで現れたことを思い起こせば、かなり普通でホッとした。

「さあ乗れガキども。ミステリー・ツアーに連れて行ってやる」

英二さんは、そう言うと助手席側の扉に後部席の扉まで開けてくれた。

うんうん、サービス行き届いてる。

ただ、英二さんがミステリーと言うように、この日のデートコースは何一つ明かされていなかった。英二さんは、僕が聞いても〝お楽しみだよ〟って言って、教えてくれなくって。

『どこに連れて行かれるんだろう。英二さんだけに本当にミステリーな気がする』

「菜っちゃん……。こっ…このベンツで行くの？」

葉月は、この日まで英二さんの車を知らなかったから、最初はやっぱり引いていた。

「九十八年型のGクラスだ。中古じゃほとんど出回らないから、新車で買ってるんだよこれ」

でも…先輩はさすがに家に何台も外車があるような人だけに、おベンツ様ごときではビビらなかった。ただ、

「へー、お前もけっこう目利きなんじゃん。なに、バイク派か車派かって聞かれたらどっち？」

「車派です。今は免許が取れないんでKAWASAKIのZXを愛用してますけど」

「ZX？　俺はガキの頃はPYROPE・Zに乗ってたぜ」

「PYROPE・Zですか？　っていうと、やっぱり一〇〇〇CCクラスで？」

「当然よ、バイク乗るならやっぱ一〇〇〇はねぇとな」

「ですよね」

英二さんと車とバイクの話になったら妙（怖いぐらい）に盛り上がっちゃって、僕と葉月は唖然としながら置いてかれた。

「なんだ秀才のお堅いタイプなのかと思ったら、けっこう話ができるんじゃん、セ・ン・パ・イ」

『とはいえこの二人ってさ、僕が思っていた以上に会話は成り立つんだけど、どうも目つきだけがギラギラとしてるんだよね。まぁ英二さんの場合は、頑張って紳士してくれてるんだと思うけど』

「来生です。来生直也《きすぎなおや》といいます。年上の方に先輩と呼ばれるわけにはいきませんから、僕のことはどうぞ敬称略で好きに呼んで下さい」

『直先輩のこの口調っていうか…愛想笑いって、なんか葉月のそれに通じるものがあるような気がするのは………僕の勘違いかな？』

「ふーん…なら遠慮なく呼ばせてもらうぜ、直也」

英二さんは、バックミラーを通してフッ…と直先輩に微笑みかけた。

「じゃあ僕は、菜月と同じく、英二さんと呼ばせていただきます」

直先輩もそれに微笑を返す。でも、全然目が笑ってなくって、足下からはドライアイスがぶわぁあって立ちこめそうな気配。

『うわーうわー寒いーっっっっ。やっぱどっこいどっこいだよ、英二さんも、直先輩もーっ』

僕は、英二さんはともかく、直先輩には騙されてたな〜とか、ちょっと思った。

『早い話、僕と先輩って猫被り同志のカップルだったたってことか〜』

そんな会話は続き、車はひたすらどこかへ走った。

「それにしても英二さん、今日はどこへ連れて行っていただけるんですか？　車…東京走ってますよね。多摩川《たまがわ》ぞいに。今、世田谷辺りですか？」

「ん？　ああ…そうだけど。何、こっちにはよくくるのか？」

「いいえ。僕が受験しようと思ってる私立大学があるもので。それで…何度か近くまでは」

「ふーん、受験ね。でもこの先にあるって行ったら〝私立の東大〟と呼ばれる名門中の名門、東都学園大学だぜ。何お前、いや…失礼。直也は、ゆくゆく東都を受験するのか？　だとしたらすっげぇなぁ〜。そうとう頭できるんじゃん」

　しかも、何もそっちに話が転がらなくっても…っていう、学業方面話。

『英二さん、その話題は墓穴だよ。先輩を凹ますどころか、凹まされるよ』

「はぁ…どうも。そう言っていただけると、恐縮です」

「で、なに？　直也は学業・芸術・スポーツの三大王国・東都のどこに受験するんだよ。あそこは学業以外は一芸推薦入学って手があるだろう」

「いいえ。一般受験なんで、そういうのは」

『ほら、なにげに先輩の顔に自信が漲《みなぎ》ってるもん。得意分野なんだもんな…この手の話』

　僕は、思わずそっぽを向いて、小さな溜め息を漏らした。

「へー、真っ正面勝負か。で、学部は？」

「法学部に――――一応、弁護士の資格をとりたいので」

　葉月はそんな先輩をうっとりと眺めてるし。うん。その気持ちもわかるけどね。

「ひぁー、カッコイイねぇ。その甘いマスクで弁護士！　将来引く手あまたじゃん。葉月、フラれねぇようにしとけよ！　逃すと大きいぜその魚。なぁ菜月！」

けど、やっぱり英二さんは、凹まされた腹癒せに僕まで一緒に凹ませたいのか、とんでもない話を振ってくる。

「なっ…なんてこと言うんだよ！」

英二さんの言葉に、葉月と僕の叫び声がきれいに重なった。

直先輩の顔にはピシッって青筋立ってるし。

「英二さんも、お聞きしたところたしか大学生でしたよね。どこに行かれてるんですか？」

ほら、だから先輩に逆襲されちゃうじゃん。

名前も知られてないような大学だったら鼻で笑われちゃうよ。

「この先だぜ」

なのに、英二さんはどうしてか余裕の笑み。

「この先？」

「ああ。もう着くところだよ。それにしても、残念だよなぁ。俺があと二つ若けりゃ、新入生の歓迎コンパでいいところに目一杯引きずり回してやったのに。さすがに俺も二年は留年できねぇしな。まぁ、合格した暁《あかつき》には、祝いに顔ぐらいはだしてやるよ、先輩として」

それに対して僕らといえば、今度はものの見事に三人の声がきれいにダブった。

「――――先輩として!?」

「誰が二つ若くなるって？」

「誰が二年留年するって!?」

「だから、俺がだよ。こうみえても俺はそこの、いや到着したからここの、現役東都大生だぜ」

車は、たしかに〝サマー・フェスティバル〟と看板の掲げられた東都学園大学の前に一旦留まった。

「しかもいずれ直也がお受験してくる法学部のな」

「――――――」

僕は、なんの悪い冗談だろうとか思って、〝うそっ…〟って呟きさえ声にならなかった。

「さーってと、ここが本日のミステリー・ツアー前半ポイントだ。うちは代々お祭り好きの生徒ばっかりでな。文化祭シーズンだけじゃ物足りなくって、春夏秋冬騒ぐんだ。高校レベルの馬鹿騒ぎじゃねぇから、かなり楽しめると思うぜ。偶然とはいえ、直也には志望校の見学も兼ねられて、一石二鳥だろ？」

「――――――」

でも……それって冗談じゃないみたいで、さすがにこの事実には直先輩も絶句。

葉月もポカンとしちゃって、僕らは見事なぐらい、全員真っ白になっていた。

「うわーっ、すっごい広ーい♡　賑やかだー葉月っ♡」

「うん！　夏祭りーって感じだね、菜っちゃん♡」

そう、英二さんのいうところの〝高校生の王子様〟じゃ連れて行ってくれない場所…っていうのは、「当たり前だよ、自分の通う大学だもん！」ってやつだった。

それも、僕達なんか都内の学校に通ってるわけでもないのに、

〝あそこの学祭は桁外《けたはず》れにおもいしろいから、東都生ゲットして一度連れて行ってもらえ！〟

って、何度も噂を聞いたことのある名門大学の学祭。さすがに近県にまで知れ渡るだけあって、規模も派手さも〝高校の学園祭〟とはレベルが違う。

『そうじゃなくってもこの〝東都〟って、学業ばかりじゃなくって、スポーツや芸術系にも秀でた人間が集まってるから…層も幅広くて厚いし。しかも寮制の付属小等部から高等部までが完備されているような〝お金持ちの通う学校〟っていう一面も持ってる男子校なんだよな〜。その上イイ男も多い！　っていう噂も、こうして見るとまんざらウソじゃないし〜♡』

僕は、擦れ違う人たちの迫力に、何度も何度も振り返ってしまった。

『英二さんほど目立つって人はいないけど、長身のイケ面多いな〜。これなら、何日も街中に通わないで、最初っから東都の校門の前で〝アルバイト男性〟探せばよかったかも』

「菜月、浮気相手探させるために連れてきたんじゃねぇからな。目をランランさせるなよ」

『あ…しまった。しっかり邪《よこしま》なこと思ったの、見抜かれてるし』

でも本当に、ここには〝自分で輝ける力を持つ生徒〟っていうのが多いんだな…って、活気の中

からフッフッと伝わってくるところだった。

特に、ここに通うことを目標にして勉強に励んでる直先輩は、その活力も人一倍感じるみたいで、僕とは違う理由で目がランランと輝いていた。

「あ、そうだ直也。どうせだから法学部の出し物に案内してやるよ」

そして、そんな直先輩に〝お勧《すす》めスポット〟とかいって、英二さんが笑いながら案内してくれたのは、法学部の有志団体で出店してる〝お気軽裁判体験コーナー〟ってとこだった。

これは、本当にふざけた内容を題材にして、裁判を起こして実演して見せる…っていう内容のものだったんだけど、

「こういうのは見るより参加するのがおもしろいんだよ!」

そう言って英二さんは、仲間に飛び入りして〝検事〟の役をその場の即興で実演し、僕達の前で披露してくれた。

「異議あり!　ただ今の弁護側の証言に、異議があります」

「異議を認めます。では、検察官側」

「ありがとうございます。ただ今の弁護側の立てた目撃者の証言によれば、被告人A氏は事件当夜、音楽科の教室にいた…となっておりますが。検察側が調べましたところ同時刻は、被告人は被害者B氏と共に美術科の教室にて、十分ほど同行していることが判明しております。これはその時に証人Dが、たまたま撮影しておりましたビデオテープにも、映像として捉えております――」

Sablier

シャツをきちんと着直して。

普段はかけてるのかもしれない縁《ふち》なしの眼鏡をかけて。

資料片手に…ひゃーっ賢そうな態度ぉぉって、実は賢いんだろうけどさ。

別人だよ、はっきりいって〝この姿〟は。

「原告側は、証人Dの証言と、このビデオテープを物的証拠として提出したいと思います」

『でも英二さん…これってとことん先輩を凹ますとか、容赦なくとかそういう次元じゃないよ。だって先輩ってば、あこがれの大学に一歩入ったたって段階で、しかも法学部の教室に入ったたってだけで、英二さんを見る目がすっかり変わっちゃってるんだもんっ』

この実演裁判も、食い入るように見てるしさ。

「ねぇねぇ菜っちゃん。でもこの大がかりに裁判してる内容ってさ、手っ取り早くいうと、昨夜の準備会のときに買っておいた夜食のお弁当を、食べちゃった人がおなか壊してさあ大変！　これは最終的に誰が悪いのか!?　ってことだよね？」

「……うん。多分ね。ただ僕には、どうしてそれで、こんなに大事《おおごと》になるのかわからないけど。凄いね、みんな真剣で」

「そうだね。本当に…凄いよこの実演は。単純にはそういう設定なんだけど、問題のお弁当が食べられてからおなかを壊したたってまでの流れの中に、代金のお釣りや、最初の予算の行方なんかが微妙に事件に見え隠れしてて、人間関係も複雑に設定されてる。そりゃ表現的にはデフォルメされてる部分はかなりあるけど…でも、窃盗罪《せっとう》や横領罪《おうりょう》が、なにげなく適用されるようにしたてられてる」

「…………………はぁ」

「それに…悔しいけどはやっぱり凄いのは彼だね。学祭なんだから、この実演には前もって〝シナリオ〟っていうのがあるんだろうけど、英二さんは飛び入りしてるわけだから、それは知らないはずだろう？　だから、必然的に上がっている状況証拠と物的証拠、証人の証言をその場で把握していって、ドラマの全容を同時分析。その上で犯人を追いこむ手立てを裁判中に探していってるんだ」

ああ…駄目だ。

先輩も別世界に行っちゃってて、僕や葉月には話に付いていけないよ〰〰〰〰っ。

「気性からすると、彼は弁護士というよりは、検察官志望なのか？　裁判官って気はしないし」

「――――――――へぇ!?」

誰が!?　って、僕は思わず直先輩と英二さんを見比べた。

「彼は、パッと見たようなだけの男じゃないね。そりゃ人間的に毒があるのは確かだけど…、同じ毒でも〝毒を持って制すほう〟の、毒だ。恐れ入ったよ、菜月」

「直先輩………」

「ただこうなると、彼が。早乙女英二って男が、僕や葉月に〝自分を認めさせる〟ってために見せてくる本性は、これだけじゃとどまらないのかな。まだ…絶対に僕らが唖然とするような何かを持ってそうな…そんな予感がする」

ナンパな英二さんが、マジに優等生で王子様な直先輩の、顔色を変えた。

それも、今までみたいに僕を通した痴情絡みの〝怒り〟とか〝嫉妬〟の類いじゃなくって、対男って言うか、対人間…みたいなものを、煽り立てられてた。

『英二さんが……ねぇ』

でも、そんな深刻な顔つきで実演を見続けた直先輩に対して、英二さんは僕達のところに戻ってくるとヘラって笑って言いきったんだ。

「あ？　将来は検事志望かって？　馬っ鹿言えよ、俺みたいなのがそんなのになったら、世の中の治安が狂うだろうに。たとえうまく司法試験に受かったって、俺は〝自分の適性〟ぐらい把握してるよ。なぁ、菜月もそう思うだろう」

「なぁって言われても。うん…たしかにそういうのは、英二さんには似合わないと思う…けど。それってそういう問題なの!?」

「さぁな。ただだいたい俺は、法曹界《ほうそう》に入りたくって法学部に入ったわけじゃねぇんだよ。どっちかって言うと、法律に精通してる人間が〝家の中にいると便利だ〟って言われて、受けたら受かったから通ってるだけだ。それに俺は、質実剛健に収入を得るタイプの人間じゃない。どっちかっていえば、水商売系のギャンブラーだからな」

そして先輩が予感したように、英二さんの止どまらない本性の暴露は、このあとやっぱり僕達を絶句させることになった。

僕達は、お昼過ぎまで大学祭で遊ばせてもらうと、英二さんに御飯をおごってもらってからミステリー・ツアーの後半ポイントへと移動した。

けど…到着したそこは、僕達が普段着できちゃっていいのぉ？　っていうような、マンデリン東京という高級ホテルの大広間の、特設会場だった————。

「………SOCIALだ」

直先輩が、セッティングされた看板を眺めながらポツリと呟いた。

「SOCIALの…冬物コレクションのショーみたいだけど？　これってこれから始まるの？　終わったの？」

葉月も、目を丸くしながら準備中の会場を見渡した。

「これから始まるんだよ。夕飯はここの上のレストランに予約を入れてあるから、それまでの間繋ぎに見学してろ」

「————見学!?」

ハンカチ一枚五千円の？　シャツ一枚七万円の？

超高級ブランドのコレクションを、見学ーっっっ!?

「これが〝俺の本業〟だからよ。目を凝《こ》らして艶姿《あですがた》をよーく見ておけ」

「————本業!?」

「ああ。SOCIALの中のヤングシリーズ、〝レオポン〟のメインモデルにして、イメージモデル。

今は、これが俺の稼ぎダネさ」

「めっ…メインモデルにして…イメージモデル!?」

「そ。ナンパ人生歩むんなら、最低の金は必要だからな。これぱっかりは親の脛《すね》は齧《かじ》れねぇ。自分と恋人に貢ぐ金は自前で稼ぐ。これが俺のナンパモットーよ」

そりゃたしかに、名門大学の法学部で、将来は検察官とか弁護士とか言われるよりは、色物っぽくって〃うんうんわかる…〃って感じだけどさ。

でも、この〃本業〃を持ってて〃法学部〃はないでしょう? 法学部は!?

「そっ…そのためにモデルやってるの?」

「一つの手段としてな。いずれは運営に回るから、モデルは体が売れるうちだけだよ。SOCIALは親父の会社なんだ。継ぐのは俺だからな」

「――――――!!」

「他の兄弟は全員各シリーズのデザイナーやってんだけどなぁ。どうも、俺はそういう才能がなくってな。想像力を売るより、肉体美と悪知恵を売るほうが金になるタイプでさ。どおよ菜月、逃した魚も大きかったけど、代わりに拾った魚も…まんざら悪かねぇだろう? ん?」

揚げ句に、先輩に優るとも劣らない〃お坊ちゃん〃だったんだ。

しかも〃稼いじゃうお坊ちゃん〃だったんだ〰〰〰〰〰っ!!

「ってことだから、早く葉月に貢げるように〃稼げる大人〃になるんだな、直也」

「――――――――！」

『……あ。先輩マジに凹んだ。完全にプライド刺激されてノックアウトされてる』

「何言ってるんだよ！　そんなこと言えるの今のうちだよ！　直先輩が大人になったら、お前じゃ太刀《た ち》打ちできないぐらいに稼いじゃうよーだ！」

『……でも葉月は負けない。さすがだ』

相変わらず英二さんに〝ベンベロベー〟してる。

けど、そんな葉月に凹みを戻されたのか、直先輩は一度落とした肩を持ち上げた。

そして、少しだけ顔を上げて、見下ろす英二さんとバチッて目を合わせると、

「――そうですね。早く、稼げる大人になりたいですね。そしていつか、僕が父の跡を継いで学園経営をまかされた暁には、うちの学校の制服をＳＯＣＩＡＬに変えて、英二さんに多少なりにも、稼がしてあげたいですよ」

凹んだ分だけ張り上がった、根性悪そうな笑顔を浮かべた。

「――そりゃ期待して待ってるぜ。お得意さん」

英二さんは本当に期待してそうな。なんだか嬉しそうな。でも嫌みったらしい目つきで、直先輩に微笑と言葉をセットで返した。

『…………この人たちって…一体』

気は合わないし、タイプも全く違うんだろうけど。

英二さんと直先輩の関係っていうのも、なんか…なんかな気がした。

そのあと僕は、裏に英二さんが消えると、葉月と先輩と一緒に一時間ぐらいショーが始まるのを待っていた。

場内に現れる招待客は、顧客と思われる紳士や淑女で溢れ、テレビやファッション誌の取材者や、機材で溢れた。

そして早まることも遅れることもなく、ショーは開演時刻ピッタリに始められた。

ＳＯＣＩＡＬには、レディースからメンズ、フォーマルからカジュアルと幅広い層に合わせた、それに見合うシリーズが幾つもあった。

ここで僕は、初めて英二さんには十歳年上のお兄さんがいることを知った。

英二さんのキャラクターを溺愛してて、レオポン（豹《ひょう》とライオンの配合した雑種）というシリーズを作ったのは、このお兄さんだということも知った。

その下には、本当に二十七歳ぐらいのお姉さんがいて。

何より、驚いたのは英二さん自身が実は双子で、っていってもこっちはまるでタイプの違う二卵性みたいだけど、とにかく弟までいたことだった。

社長であるお父さんは、まだ五十半《なか》ばにも満たないぐらいに若くって、カッコよくって、そこからさらに若いよ～ってお母さんは、モデル上がりの迫力ある長身美人さんだった。

うん…発見。

英二さんは兄弟の中で一番お母さん似なんだ。

みんなそれぞれにカッコイイし美人なんだけど、それでも英二さんの持っている派手さというかフェロモンみたいなものは種類が違う。

とにかく、ファッション界の〝早乙女ファミリー〟と呼ばれるこの家族は、本当に本当に兄弟全員がそれぞれのシリーズを持っていて、才能豊かな〝世の中にはこういう家族もあるんだな〜〟って、家族だった。

『きっと…僕や僕の周りにいる人間が、こういうことに全く興味がないから気づかなかっただけで、見る人が見れば英二さんがどういう立場の人なんだか、一目でわかるんだろうな』

無知って偉大だ。

興味がないって、怖いもの知らずってこととあまり変わらないんだ……本当に。

僕はショーの間、終始唖然としてしまって、自分が何も知らずに早乙女英二という人に声をかけたことが、あの日どれほど英二さんを憤慨させたのかをいまさらながらに大反省した。

『……ああ♡　でも英二さんって本当にカッコイイ〜〜〜〜〜っ♡』

約一時間で構成されたショーは、大トリを英二さんが飾ってフィナーレとなった。

裁判ゴッコしてた英二さんもニヒルで素敵だったけど、やっぱりスポットライトとか浴びてギンギラしてるほうが彼には似合う。

僕は、英二さんっていう人は改めて〝華美〟で〝綺羅〟で〝派手〟が似合う人なんだって実感しながら、彼の〝ナンパ哲学〟に拍手を送ってしまった。

ショーが終わり、再び英二さんと合流した僕達は、ホテルのレストランで〝ディナー〟をご馳走してもらった。

葉月は、僕に小さな声で、

「これじゃあ参っちゃうよね…菜っちゃん」

って呟くと、〝もう邪魔しません…〟って、諦めて微苦笑を浮かべてた。

すっかり満腹になって、英二さんが会計に立つと、さすがに直先輩は気にしちゃって、せめて葉月と自分の分は持たせてくれ…って言い出したんだけど。

でも、そんな先輩に英二さんは………。

「大人に恥かかすんじゃねぇよ、未成年。そういうことは稼げるようになってからでいいんだよ」

って………最後の最後まで凹ました。

「ただし、お前が稼ぐようになったときには遠慮なく割り勘にしてもらうし、今日の分ぐらいはおごられるけどな。もっとも、そのときまでお互いに〝菜っ葉の男〟をやってりゃの話だけどな」

未来に先輩のプライドを立てつつも、現実には、そんなことはありえないだろうけどな…って、僕にだけわかる言葉を吐きだしながら。

「このはねっかえり達は、本当に…男泣かせだからよ」

「――――――――それは、たしかに」

先輩とは、笑って男同士（？）の立場を確認し合って、レストランをあとにした。

時間は、すでに八時近かった。

僕は、英二さんの決めたデートコースだけど、最後の最後だけは、こうしようって…決めてたことがあった。

だから、駐車場で車に乗りこむときに、僕は笑顔で言いきった。

「で、申し訳ないけどぉ、この先は葉月と先輩、電車で帰ってよ♡　最寄りの駅まで送るから♡」

「――――――――え!?」

葉月は、びっくりしたように声を発した。

「明日はせっかく休みだし～。僕、今夜は英二さんのところにお泊まりさせてもらう♡　だから、これ以上邪魔しないで♡　ね、葉月。家に帰って悪いけどフォローしといてよ。葉月がお泊まりするときは、僕がちゃーんとフォローするから♡　あ、でも今夜は葉月も帰らないつもりだった…っていうなら、僕諦めて帰るけど？」

「そっ…そんなはずないでしょ菜っちゃんっっっ！　僕はちゃんと家に帰るよ！　家にっっっ!!」

英二さんも直先輩も、僕と葉月のやり取りがあまりに意味深なもんだから、口を噤《つぐ》んだまま目を逸らし合ってしまった。

そりゃそうだよね、Hで帰らないときには、お互い協力しようよね♡　って言いきったんだから。

「じゃあ決まり♡　英二さん、ってことだから最寄り駅まで車お願い♡」

「…………あっ…ああ」

でも、その場は僕の独壇場《どくだんじょう》で、誰も逆らおうとはしなかった。

逆らうと余計《よけい》に話がややこしくなるって思ったんだろうな…きっと。

それに、葉月も先輩も、もう英二さんをどうこう言おうって気持ちは全くなかっただろうし、駅で車を降りるときにも、今日のお礼と「菜月をお願いします…」って言葉しか出さなかった。


「で、菜月。二人を納得させて帰しました。んじゃあ、僕もこれですっきりしたんで…なんてことは、言わねぇよな？」

英二さんは、前例からいって、僕がこんなふうにオチを付けたことがひっかかったんだろう。二人を下ろしてから、やけに疑り深い顔を見せた。

「言わないよ…。だったらまとめて家まで送ってもらって、どうもありがとう、じゃあね〜だよ」

「…………ってことは、このまま俺んちに拉致《らち》ってって、ベッドに放り投げてもありだよな♡」

英二さんは、ハンドルから右手を離すと、僕の頬をスッって撫でる。僕は、その手を掴んでハンドルに戻すと、最後に最後のわがままを言った。

「放り投げるのはやだよ。優しくなくっちゃ嫌だっ」

「――――――ほー。優しくねぇ」

「それに…英二さんの家じゃなくって、僕…行きたいところがあるんだ」

「――――――行きたいところ?」

「……最初に泊まった…ホテル。英二さんと契約した場所で、この契約を終わらせたい」

「あそこでか? 菜月は、本当にチンプっていうか、いや、ドリーマーだよな〜。こんなときに最初の場所でなんて、ねだるのか」

「うん。だってこれが最後のわがままだもん」

「……本当だろうなそれ。お前の〝最後のわがまま〟って、一体何回あるんだよ」

「そう言わないでよ。今日が本当に最後だから!」

「わかったよ。同じ部屋が空いてるかどうかは、わからねぇけど、行ってやるよ。ただし、本当に今日で最後だからな。明日から二度とわがまま言わせねぇぞ!」

「――――――わかってるってば」

だって、もう僕達に〝明日〟なんて、ないんだから。

そのことは、この前から何度も何度も確かめてるんだから。

英二さんは、ブツブツ言いながらも、僕のこと大事にしてくれた。

言ったことは守る。嘘は言わねぇ…って、最初に言ってたけど。

本当に感心しちゃうぐらい、それを行動にも言葉にも出してくれる人だった。

きっと、これから僕がどんな人と知り合っても、英二さんよりカッコイイ、素敵…って思える人はいないと思う。

みんなみんな、僕の目には、霞んで見えちゃうと思う。

でも、でもね。

だからこそ、僕は一月《ひとつき》もなかったこの間に、極上な夢を見たんだな…って気持ちになれると思うんだ。

本当に、本当に夢みたいな人に出会って、夢みたいな恋して。

夢みたいな……Hもしちゃったんだ…って、思える気がするんだ。


英二さんは、車を一旦自分のマンションに置いてから、僕と改めて渋谷の街を歩いてくれた。

「悪運だな菜月。この時期にこの時間に、前と同じ部屋がキープできるなんて奇跡に近いぞ」

そして、あの日と同じラブホテルに入って、同じ部屋で、同じベッドで僕のことを抱き締めた。

「それは僕の、日頃の行いでしょ♡」

これが最後だから、もう一回ぐらい遊んでおくか…ってとこかな?

随分《ずいぶん》こき使われたんだから…やっぱり最後まで体で清算するぞ…とか?

「よく言ってやがんな…こいつは」

英二さんが、何をどう思って僕を求めてくれるのかは、わからない。

僕のHのときの反応がおもしろいのかな？

今は…解消しあえる相手が近くにいないから、僕でもいいやって思ってるのかな？

それとも、恋人ゴッコのフィナーレだから、最後まで僕を恋人として、求めてくれるのかな？

「――――菜月」

「………なに？」

でも、もうそんなことはどうでもいいの。

僕は、明日死にたくなってもかまわないから、今夜は英二さんに溺れちゃうっ…決めてるんだ。

だからといって、僕は決して〝楽〟になんかなれないけど、英二さんはこれで僕への呵責がなくなって、楽になれるんだから。

「たまってんだろう♡　一人Hじゃ物足りなくって」

なんて、メロウなこと思っても、英二さんはしょせん最後の最後までこういうノリなんだよね。

「わっ……悪かったねっ！　たまっててっ!!　どうせ僕は英二さんみたいに、誰とでもテキトーに処理したりできないよっ!!」

「失礼だな相変わらず。これでもこの半月は、菜月との妄想Hで一人侘《わび》しく耽《わび》ってたんだぜ」

僕の服を、それとなく全部脱がしていく手つきは優しいんだけど、言ってることがコレだもの。

「なっ……なんてこと言うの！　そんなわけないじゃん！」

「なんだよ、決めつけるなよ。なんのために俺が毎晩電話したと思ってるんだよ。菜月の声を確認して、その余韻で抜くしか方法がなかったからだぞ」

「────────なっ!!」

嘘か真《まこと》か、やってることがコレだし。

「お前が葉月と同じ部屋にいなきゃ、その場で電話Hしかけてもよかったんだけどな。まあテスト中に頭ブっ飛ばしても気が引けるから、普通の会話で我慢したんだぞ」

「冗談もほどほどにしてよ!」

「マジマジ。なに、菜月はしてくれなかったのかよ。半月も会わなかったのに、俺を思いながらの一人Hってやつ♡」

やらせようとすることも、またコレだし!

「………えっ…英二さんっ」

英二さんはフフンって顔を向けると、僕の手を取り、僕のモノに導いた。

「つれねぇな、俺じゃおかずになんなかったってか? ん?」

導きながら、それを見下ろしながら、僕に一人Hを、また強制した。

自分でやって、自分でイって見せな…って、僕の手に合図を送って手を放した。

「………つっ…つれないのはどっちだよ」

「あん? どっちって?」

これが最後の夜なのに。

「電話じゃないのに…。今目の前にこうしているのに……。僕に自分でさせようなんて…英二さんのほうがいっぱいいっぱい…つれないじゃんよ」

優しくなきゃやだって言ったのに。

「………菜月」

自分はボタン一つ外さなくって、僕ばっかりまた脱がして!!

「僕は…すぐに抱き締めてほしいのに。キスしてほしいのに。なんでここにきてまで自分でしなきゃいけないんだよ！　僕だって家でやったよ！　葉月に隠れていっぱいしたよ！　英二さんのこと考えながら…思い出しながら……泣きたくなるような切ない一人H…いっぱいしたよっ！」

僕は、覚悟が決まってて、感情がイッちゃってた分だけ切れるのが早かった。

「なのに…会ってまで自分でしろなんて…酷いよっ。酷い……。だったら〝銜えろ〟って言われたほうがよっぽどマシだよっ。一人じゃないって…感じられるだけ…いっぱいいっぱいマシだよ！」

それこそ…まだなんにもしてないのに涙が溢れてきちゃった。

ううん…なんにもしてくれないから泣きたくなっちゃったんだけどさ。

自分のテンションばっかりが先走ってて。

それこそ勝手に一人でサカってて。

「んじゃ、銜えてもらおっか」

「――――――!!」

「なんて、言うはずねぇだろ」

英二さんは、苦笑しながら自分のシャツに手をかけると、僕の前ではだけていった。

「お前にこんな顔されて。こんなにそそられる言葉を吐きだされたら…銜える必要なんかどこにもねぇよ。一秒でも早く、菜月の中で暴れてぇって、吠えまくってるよ」

そしてジーンズのボタンを外して、ファスナーを下ろすと、英二さんの…は、下着の中で息苦しそうにそそり立ってた。

「………また壊したら洒落にもならねぇから。それなりに遠回しにして、助走はつけてからいこうと思ったんだけどな、そういうわけにいかなくなっちまった」

英二さんは一度ベッドから下りると、ジーンズを下着ごと脱ぎ捨て、一糸纏わぬ姿で戻ってきた。

「しまったって言っても、止めろって言っても、もう聞かねぇぞ。そうじゃなくたって、俺は歯止めの利かない男なんだから――――」

そう言い放つと、僕の体が悲鳴を上げそうなぐらい、強く、強く抱き締めてきた。

「――英……っ！」

名前を呼ぶことさえかなわないぐらい、熱くて激しい、キス…してきた。

『英二さん…っ……英二さんっ』

両手で僕の頬や髪を撫でながら、本能のままに蠢き、素肌をピタリと合わせてきた。

「………はぁ…っはぁ」

熱い息吹を漏らしながら、僕の両足を開いて。自分の腰を割りこませると、英二さんははち切れそうなぐらい膨張したモノを、僕のモノに絡めるみたいにこすり寄せて、腰を揺さぶってきた。

激しいぐらい高ぶった熱と熱をぶつけ合って、こすり合って。

僕達は、呆気ないぐらい早く、最初のエクスタシーへと上りつめた。

「————っん…はぁ」

けど、そんな余韻に浸るまもなく、英二さんは互いの腹部に飛び散ったものを手に掬《すく》い取ると、それをまだ十分に形のある自分のモノに塗り絡め、残りを僕の蜜部へと塗りこめた。

「あんっ………っ！」

入り口を潤すと、英二さんはその滑りにまかせて指をズブリと僕の中へと入れてきた。

滑りをよくするために、少しでも僕に負担がかからないように、先を急ぎたい気持ちをギリギリまで押さえて、一本の指だけを、僕の中へと埋めこんできた。

「………あ……んっ……」

僕の肉体は、もうそれが〝快感〟を与えてくれるものだと認識しているから、拒むこともなく酔い痴《し》れることを選んでいた。

「んっ…ぁんっ…あっっ」

「いいか菜月？　ここが…気持ちいいのか？」

「……ん…っ……うん」

そして僕の精神も、従うことがより早い〝悦び〟に繋がることがわかっているから、楽になることを、溺れることを、英二さんに服従してしまうことを、選んでいた。

「自分でも…いじったのか？　指で触れたり…入れたり」

「……うん…一度だけ…ちょっとだけ触った」

「なんだ…菜月もHなんじゃん」

英二さんは、クチュクチュと僕の中に指を抜き差ししながら、タイミングを計《はか》って一本の指を二本に増やしてきた。

「ああっ！　ん!!」

「それで…？　イけたのか？　ちゃんと自分で、ココで」

二本の指で、僕の中をかき回しながら、より強い、より激しい動きに僕を馴染《なじ》ませていく。

「ううん…イけないよ。感じないの…気持ち…よくないの。英二さんじゃないと……不快なだけで…何も感じないし…イけないのっ」

体が…僕の中が、溶けだしそうなぐらい熱くなる。

「駄目なの……英二さんじゃないと……駄目なの。僕の体なのに…自分の体なのに…英二さんじゃないと……駄目なっ……」

僕のモノは、中から煽られて、ピクピクと震える。

触れる必要もなく、白くてねっとりしたものを、ジワジワと溢れさせていた。

「欲しかったか？　俺が…俺が欲しかったか菜月？」

「……んっ……ずっと…ずっと欲しかったよ。英二さんのこと」

「そっか…。俺も…ずっと菜月が欲しかった。菜月だけが…欲しかったぜ」

英二さんは言葉尻に指を抜き取ると、僕の腰をしっかりと抱えて、熱くなった英二さんを僕の中へと沈めてきた。

「――――――あっっ…！」

十分に潤い、異物の侵入には馴染んだはずなのに、やっぱり英二さんそのものには、僕の体は悲鳴を上げる。

「いっ………っ」

僕は英二さんの背中にしがみついて爪を立てて、「痛いっ！」って泣き叫びそうになった。

でも、大好きな英二さんだから…僕は悲鳴だけは飲みこんだ。

「…菜月…っ……菜月」

「好きだ…菜月が。可愛くって…愛しくって…。何もかもが気持ちよくって…たまらねぇ」

涙は止めることができなかったけど、悲鳴だけは飲みこんだ。

「僕も…すきっ…英二さんが好き………」

痛みが悦びに変わるまで。

悲鳴が歓喜の吐息に変わるまで。

「英二さんだけが……大好きっ」

この苦痛さえ、今英二さんが僕の中にいる証なんだって、思って。

「あんっ……ん…英…二さ…ん……っ」

英二さんが、僕の中で悦びに到達してくれるまで。

僕が英二さんをイカせてあげるまで。

僕は、僕は………心も体も、英二さんでいっぱいにした。

「――――えい…じぃっ…!!」


恋と、Hのために、死んでもいいよ――――なんてさ、
自分が心から思ったり口にしたりする日が、そんな日がくるなんて考えてもいなかった。

僕は、英二さんといっぱいキスした。

英二さんと、ギュッて抱き締め合って、Hもした。

どさくさに紛れて、好き…って言葉も言っちゃった。

心臓がね、胸がね。

震えて震えて…止まらないぐらい震えたよ。

たった一言なのに。

大好き…って、一方的に伝えただけなのに。

英二さんに言えたことが、言い残さずにすんだことが嬉しくって――――。

僕の胸は震えて、熱くなって、壊れそうなぐらい…高鳴った。

僕はその夜、本当に天国にいるみたいに気持ちよくって、幸せだった。

これが夢なら覚めないで……って思うほど。

でも、覚めない夢はどこにもないから。

これは…これは僕が英二さんの腕の中で見た夢だから。

至福で至高で、極上にご都合主義の夢だから――――。


『――――もう、起きなきゃ』


僕は激しい情事のあと、眠ったふりをしながら、英二さんがぐっすりと眠り堕ちるのを待って、一人ホテルをあとにした。

荷物の中に、ずっとしまいこんであった借りたままのシャツを出して、ピッチを出して、腕から時計を外して。

それを英二さんの枕元に揃えて置いて。

あとは、メモに一言、

〝本当にありがとうございました。さようなら〟

って書き残して、僕はホテルをあとにした。

オールしちゃった女の子に紛れて。

東急東横線《とうきゅうとうよこ》の始発を待って。

なんだかんだいってもきっとホテルを出てからまともに電車に乗ったのは、一時間以上経っていた気がする。

休日だし早朝だし、本当に電車の中は朝帰り人間ばっかりで、ガラガラだった。

こんな場所だから、僕はきっと泣き出したら止まらないんだろうな…なんて思ってたんだけど。

でも実際は、体も心もぐったりとしてて、泣き伏す気力も残ってなかった。

今はただ、早くベッドに入りたいな…とか。

ぐっすりと眠って、いっそ目が覚めないといいな…とか思いながら、重い体を引きずって。

駅に着いてからの家路をとぼとぼと歩いた。

「…………………!!」

けど、そんな僕を家の前でドカン！　って待ち受けていたのは、

「よぉ…やってくれんじゃねぇか菜月」

身も凍るかと思うほど、激怒して青筋立ててる英二さんと、前がちょっと凹んじゃってるおベンツ様だった。

「――――――???」

「なんで僕より先に英二さんがここに？　って顔してんな。んじゃあ説明してやろう。それはな、うちの駐車場の壁を一ヵ所大破させてだな、アウトバーンをぶっちぎるようなこの車を大暴走させて、途中でばったり合っちまった覆面《ふくめん》と高速でカーチェイスして逃げきってきたからだよ」

僕は、指を鳴らしながら近づいてくる英二さんの凶悪そうな顔に怯えちゃって、何を説明されても右から左に通り抜けていった。

「何が〝ありがとうございます〟だ。〝さようなら〟だ。テメェってガキはどこまで身勝手で、どこまで俺を嘗めくさったら気がすむんだよ！　こんなことなら、歩けなくなるまで手加減なしにボコボコに犯してやるんだったぜ！」

英二さんは、僕の襟を掴み上げると、後部席の扉を開いて無理やり僕を押しこんだ。

そして、自分も乗りこむと力まかせに扉を閉める。

バタンって音が、怒りの加減を窺わせる。

「いいか菜月。大の男がだ、ラブホに一人で取り残されて、揚げ句に精算まですまされてて、どんだけ出るときに面子が潰れるのか、お前はわかってやったのか！　あ!?」

ほとんど僕の体をシートに押し倒すようにのしかかってきて、僕は襟元を握り締められたまま身動き一つできなかった。

「そうじゃなくても、俺はこの前従業員をこき使ったから、あそこで顔を覚えられてたんだぞ！　俺が帰り際に〝やりすぎるからですよ…〟と囁かれ、どんだけ屈辱を味わったと思ってるんだ！

しかも、時計だの、ピッチだの、人が好意でやったもんを突っ返してくる根性が気に入らねぇ！　テメェはチンプなメルヘンに浸って自己完結したんだろうが、俺は黙って〝さようなら〟なんて、絶対に許さないからな！」

「——————!!」

そして…身動きの取れない僕に英二さんは、噛み付きそうなぐらい乱暴なキスをしてきた。

「——————っっっ！」

僕は、英二さんが怒ってることはわかるけど、それ以上は混乱しちゃって、どうしてそれでこうなるのかがわからなくって、必死に暴れて抵抗した。

でも、それが余計に英二さんを怒らせたみたいで。

「逆らうな！」

僕は、胸元をひっぱられて、止まっていたシャツのボタンを全部きれいにはじき飛ばされた。

「——————!!」

僕は、英二さんが怖くて怖くて、抵抗さえできなくなった。

「…………ごめんなさい」

こんなに…怒らせることをしたなんて思ってなかったから。

やっぱり、やっぱり最低の礼儀として、ちゃんと朝まで待って、つらくっても顔見て直接〝さようなら〟って…言わなきゃいけなかったんだ。

「ごめんなさいっ…ごめんなさいっ！」

「泣いて謝るぐらいならなんで、なんで俺の前からあんな消え方するんだよ！」

英二さんは、怒りながらも、いつか…僕に向けたような、妙な顔つきを見せた。

「だって…だって…これ以上はつらかったんだもん。英二さんの顔見て…家まで送ってもらって…それで〝さようなら〟なんて…嫌だったんだもんっ」

「だったら〝またね〟でいいじゃねぇかよ！　挨拶なんか！　それとも何か!?　お前の〝契約を清算したい〟って言ってたアレは、〝俺を丸ごと清算したい〟っていう意味だったのか！　改めて最初から恋人になりたいの！　っていう〝いじらしいわがまま〟じゃなくって、〝用がすんだからじゃあね！〟って、そういう意味の清算だったのかよ！」

そう…あれは、僕に電話が繋がらなくって、会いにきてくれたときだ。

なんで電話をかけないんだって聞かれて、〝用がなかったから〟って、僕が答えたとき。

「はっきり言ってみろ…どっちだ。こととしだいによっちゃ、ただじゃおかねぇぞ」

「…………英二さん」

あのとき、英二さんは、こんな妙な顔してた。

怒ってるのか、悲しんでるのか、なんとも例えようもない妙な顔を。

「俺はお前に、ちゃんと〝好きだ〟って言ったはずだよな。惚れてるとも言った。入れ込んで可愛がって貢いでやろうって…そういう気分だってことも伝えた。昨夜だって…お前が欲しかったたって、菜月だけが欲しかったたって…そう言っただろう!?」

それって…それって、今言ってることが、実は〃僕に通じてないんじゃ…〃って、勘ぐった顔だったのかな?

「それに対してお前は、菜月は。俺にこう言ったよな。英二さんがいなくなったら死んじゃうって。英二さんじゃなきゃ駄目なんだって。英二さんが好きだって、大好きだって。英二さんが欲しいって、俺の腕ん中でよがり狂って。人の背中に遠慮なくバリバリと、血の滲《にじ》むような爪痕《つめあと》を残したよな! それで〃あの言葉〃は嘘なのか!? 俺はお前の言葉に踊らされてただけなのか!? お前が…お前が俺に最初に出した…六万程度の男なのか!!」

「――――――!」

もしかしたら…もしかしたら。

菜月は俺の思いをわかってないのか!? って…戸惑いだったのかな?

「そうじゃないよ。そんなこと…思ってないよ。言ったことも嘘じゃない。英二さんのこと…大好きだよ。でも僕…最初に嫌われてるから。三日間だから…。呵責があるから…英二さんがいてくれるんだって…ずっと思ってたからっ」

英二さんが。

英二さんが、菜月のこと好きなのに、どうしてこいつにはそれが伝わってないんだろう? って、思ってたたって…ことなのかな?

「どんなに親切にされても…自惚れちゃ駄目だって…思ってたから」

英二さんが……僕を。

「――――やっぱりそういうオチでくんのか。とことん意固地《いこじ》なドリーマーだなお前も。どこまでテメェ勝手に話転がして、起承転結つけりゃ気がすむんだよ！」

「だって！　だってそう思ったって仕方ないじゃんよ！　英二さんノンケだって豪語したじゃん！　僕のことやっちゃったのは…人生最大の失態だって言ったじゃんよ！」

本当に…本当にそうなの？

僕の中に、期待と不安が入り交じって、怒らせるってわかってても、確かめてしまう。

「そりゃ…お前に惚れたおかげで〝人生踏み外した〟って意味で言ったんだよ！」

「――――」

英二さんのちゃんとした言葉を、求めてしまう。

「あのな菜月、俺はこれでも業界人の端くれなんだよ。しかもＳＯＣＩＡＬのご子息って肩書き付きのな。悪いけどモテんだよ。黙ってたって女にゃ不自由しねぇし、幾らだってナイスバディのモデル仲間の姉ちゃんと、後腐れのねぇＨができんだよ。それこそ国産からブロンドの姉ちゃんまで手当たりしだいに。まあだからこそ、恋愛ごとにはうんざりしてたって気はしねぇでもないけど…」

呵責じゃないよって。

「なのに…それなのに。よりによって色気もそっけもねぇお前みたいなガキにナンパされて、昨夜の今日で、泣かれてよがられて堕ちました…とは言えねぇだろう？　せめて手を出したのは失態だった…って、言うしかねぇだろう。まさか自分が、野郎同士の痴情に巻きこまれ、気がついたら自分も仲間入りしてましたなんて、すぐには思いたかねぇだろう！」

三日間の契約でもないよって。

「英二さん」

「お前が…お前がすぐにピーピー泣くから、ほだされちまったんだぞ。だったら素直にただ泣いてりゃいいのに……見栄っ張りで負けず嫌いで」

菜月が、菜月がちゃんと好きなんだよって。

「やることなすこと際どくって。思いこみは激しいし、頑固だし。なのに…純粋で熱くって、一途《いちず》で…どうしょうもねぇほど、可愛いんだよ！」

これからだって、好きなんだよって。

「俺には、ずっと俺のものにしておきたいって…思わせるぐらい可愛いんだよ。好きなんだよ。べタ惚れしちまったんだよ！　なのに…誰が三日で放すか！　誰がいまさら他の野郎にやるもんか！お前は…菜月は一生俺のもんなんだよ！」

ずっとずっと、一緒なんだよって。

「俺の側に…一生くっついてりゃいいんだよ！　わかったか！」

英二さんは、僕への思いを吐きだしているうちに、どんどん、どんどん顔つきが変わってきた、きっと…激情にかられた怒りよりも、すべてを言葉に出し尽くしてしまった照れくささのほうが、感情的に上回ってしまったのかもしれない。

「英二さぁん…」

だから僕が、ボタンの弾《はじ》けたシャツを握り締めている英二さんの手に手を伸ばすと、英二さんは微かに赤らんだ顔を、スッて逸らした。

「ごめんなさいっ…ごめんなさいっ！」

僕は、英二さんの首に両腕を伸ばしてしがみつくと、必死に言葉と思いを返した。

英二さんが好きだよって言ってくれたことに対して。

「僕も好きっ。英二さんが好き…大好きっ！」

放さないって、言ってくれたことに対して。

「僕だって放さないっ。こうしてていいよって…英二さんが言ってくれるなら…言ってくれなくたって放さないっ!!」

一生くっついてろって、言ってくれたことに対して。

「だって…だって僕のダーリン、英二さんだけだもん。ずっとずっと…今もこれからも、英二さんだけだもん！」

「――――――菜月」

全身全霊で、僕の気持ちを伝えた。

「だから……だから許してっ。ごめんなさいっ。もうしないからっ…もう今日みたいなことはしないから…だから、僕のこと嫌いにならないでっ。ずっと…ずっと好きでいて………っ」

僕は、それからしばらく涙が止まらなくって、英二さんにしがみついたまま泣いていた。

英二さんは、僕の頭を撫でながら、涙が溢れた分だけキスをしてくれた。

目許《めもと》に、頬に、涙の伝ったところに、いっぱいいっぱいキスしてくれた。

僕の体をスッポリと抱き締めながら、ずっと耳元で〝わかったよ〟って〝好きだよ〟って、囁いてくれた。

僕が泣きやむまで、ずっとずっと――――。

そして――――。

「さってと…落ち着いたところで服買いに行くか、またやっちまったな」

僕が泣きやむと、英二さんはそう言いながらボタンの弾けとんだシャツを眺めて苦笑した。

「いいよ悪いから。僕がクリーニングに出して、枕元に返して置いといたシャツがあるでしょう？あれ出してくれれば……家には戻れるよ」

「ねぇよそんなもん」

そのまま運転席に移動すると、僕にも助手席にくるように合図した。

僕は、言われるまま移動したんだけど、

「……………ない？」

シートベルトを付けながら、ん？　って首を傾げた。

「ああ。置き手紙と一緒に怒りにまかせて破りすてちまったからな」

と、英二さんはヘラ～って言いながら車を出した。

さすがおベンツ様の頑丈なボディ。

器がちょっと凹んだぐらいでは、中身はどってことないらしい。

「え!?　七万円はしようってシャツなのに!?」

「怒ってるときに値段なんか考えてられるか。ちなみに時計とピッチ、あれも部屋の壁に投げちまったから買い直さねぇといけねぇんだ」

「ええ!?　時計とピッチまで壊したの!?」

でも…でも、僕はそんな品々のことよりも、もっと考えなくっちゃいけないことがあるんだってことに、この段階では気づいていなかった。

「まぁな。でもやっぱ手痛いのは車と駐車場の壁だな。修理代にどれほど持っていかれることか。菜月、今後は俺を怒らせるなよ。俺は物に当たるタイプだからな。一度怒ると大金が飛ぶ」

「えっ…英二さん！　それ大人気ないよ！　それって、僕にどうこう言う前に、性格修繕したほうが絶対に今後安上がりだよ!!　いちいち物に八つ当たりしてたら、幾ら働いても追いつかないよ？」

うっかり思ったまま言っちゃった僕に、英二さんの目がギランってするまでは。

「……………って…言いすぎました。ごめんなさいっ」

「いや、謝るなよ。菜月が言うのももっともだ。確かに物に当たって壊すのは勿体ねぇ。本人に当たりゃ、タダですむもんな♡」

英二さんの苦笑が、意地悪なニヤリになるまでは。

「えっ…本人!?」

「そ、本人だよ、菜月。買い物はあとだ。このまま俺の部屋に直行すっからな」

そのニヤリが、〝今から酷いことするぞ、覚悟しろ〟って意味なんだって、ピンとくるまでは。

「ちょっ…ちょっと待って！」

「待てねぇなぁ。またラブホに置き去りにされた怒りが、フツフツと込み上げてきやがった」

「英二さんっ…英二さんっ!!」

「今日はなにしちゃおっかな～。勝手に逃げられねぇように、ベッドに縛り付けるかな～♡」

一番激しく壊される可能性があるのは〝僕自身〟なんだってこと！

「英二さんってばっっ!!」


その日僕は、破れたシャツがどうこう言う前に、やっぱり家には帰れないオチにされた。

「いやっ…英二さん…やだっ…それはやだーっっっっ!!」

英二さんが僕にとっては、〝オーマイダーリ〜ン♡〟っていうよりも、〝オーマイガッ!〟って叫ばせる〝危険な人〟だったことを、心身から思い知らされた。

「いやーっっっっ!!」

この恋は、まだ始まったばかりだっていうのに――――――くすん。

危険なマイダーリン♡　おしまい♡

■あ　と　が　き■

こんにちは♡　日向唯稀《ひゅうがゆき》です。この度《たび》は〝危険なマイダーリン♡〟をお手に取っていただきまして、本当に本当にどうもありがとうございました♡　日向の話は初めてよ♡　の方も、これがなん冊目かな？　なんて方も、読んでいただけてとってもとっても嬉しいです♡　もう…涙出ちゃう。実に、この本に関してだけは、本当に過去に例がないぐらい、書き始めるまでに目茶苦茶《めちゃくちゃ》ドツボに嵌《は》まったり、うんうん唸《うな》ったりしたもので、愛着も一際《ひときわ》なんです♡

ぶっちゃけた話をしちゃいますと、本当は全然違う話（ハード・アクション&熱いやおいのある刑事さんと暴走少年のイケイケ♡ストーリー）を書こうとしてて、挿絵の香住ちゃんには〝キャララフ〟までおこしてもらって「書くぞー♡」とか息巻いて作業してたんですよ。で、実際それなりのページも書き上げてたんです……けど、途中でなんか違うぞ…とか感じ始めて、「今書きたいもの」「今しか書けないもの」がどうしても書きたくなって、急遽《きゅうきょ》担当様に頼みこんで、プロット変えさせていただいて、一から書き直しをさせてもらったんです。M様…その節は本当にわがまま言ってすみませんでした。私用の時間まで割《さ》いてしまって…このご恩は一生忘れませんっ!!

で、じゃあなにが書きたかったの？…と言えば、そんなに大袈裟《おおげさ》なものでもないんですよ。ただ「素直なもの」「優しくなれるもの」「包みこんでくれるもの」「泣いていいよ…って言ってくれそうなもの」そんな話が書きたかっただけなんです。普段は目一杯元気で頑張っちゃってるチャキチャキなものも好きなんですけどね、今回はマイブームも手伝って、ちょっと話的にはおとなしくても「一途《いちず》な思い」とか「癒《いや》される心」のエロチズムなロマンス（キラりん♡）が書きたかったんです～♡

で、それで書いたのがこの話かい⁉　とは、言ってはいけません。

この展開は、すべて『早乙女英二《さおとめえいじ》』というキャラの粗雑さのせいです。私もこんなことになるとは思っていなかったんです。しっとりとした、優しいエロマンスを書くぞ～って、決めてそのつもりで書いていたんです！　なのに…なのに…ああ。私の中に深く広く根を張る『お笑い』の血は、英二を通して話の節々に顔を出し、結局担当のM様には「こういうギャグを待ってたんですよ♡」と、褒《ほ》めてもらってるんだか、けなされているんだか、でも喜んでもらったからいっか…みたいなオチになりました。はうーっっっっ‼　私の馬鹿っ‼　もう、こんな私を一生懸命応援してくれて、キャラフを何回もおこしてくれた香住ちゃんには「ごめんねっ」の一言しかありません。

「すまん！　本当にすまなかった！　あの消えていった可愛い＆カックイイ暴走兄ちゃん達は、いつかどこかで機会があったら絶対に書くからっ！　そのときまで保留しといてっ‼」です。ごめん。

ただ、そんな状態の中で、今回私は〝改めて〟思い知った事がありました。

私、やっぱり攻め男は「自力で稼ぐやつが好き」「稼いで貢いでくれるやつが好き」「なおかつ熱くて激しくて獣（ケダモノ）なやつはもっと好き」です♡　なんて、あからさまなんでしょう♡　でも、英二好きよーっっ♡　私はあんたみたいにえげつなくってケダモノな奴は、Hが書きやすくって、仕事が捗《はかど》って大好きよー♡（そういう好きかい…って感じですね）菜《な》っちゃんには可哀相《かわいそう》だけど、もうすっかり『ケダモノ攻め』にマイブーな私。なんか、最近妖しいです…私。ふう。
けど、苦しんだ甲斐《かい》もあってか、香住ちゃんにもこの話は気に入ってもらえて、「私はあんたの挿絵じゃ一生〝お笑い〟しか描けないと思ってたよぉっ！　菜っ葉《なっぱ》激ラブーっっっ♡」と、喜ばれました。（彼女は可愛い子フェチ）ただ、彼女まで気に入ってノリノリになってしまうと、私の暴走を止める人間がいなくなってしまって、これだけじゃ書きたらないよ！　続編も書きたいよっ！　でもそれは奇跡が起こらないと叶《かな》わないから、せめて一緒に盛り上がってくれた貴重な方には「おまけストーリーのプレゼントしようよー♡」というノリに発展します。だってね、なんか英二と菜月って『ヤバイやおい♡』を書きたくなって、ついつい書いちゃうキャラなんですよ。なので、英二と菜月の「それはいやーんな短編小説」のプレゼントをご用意しておきますので、編集部経由・日向宛によかったら「おまけ欲しいメール」送って下さいね♡　五月ごろには製作発送予定です。あ、ちなみに香住ちゃんが今回は「三名様にカラー色紙を描いてプレゼントしちゃうー♡」って言ってましたので、この本の中から『好きなキャラの名前を一人』だけ書き添えて送って下さいね♡　ただし、こちらは四月末消印までの中から抽選、発送とさせていただきます。早いもの勝ち♡
ということで、是非是非《ぜひ》皆様、お時間がありましたらお手紙という〝最大のエネルギー〟を私たちに与えてやってください。それでは、またどこかでお会いできますように♡
ミレニアムな吉日にて・日向唯稀♡

危険なマイダーリン♡

オヴィスノベルズ

■初出一覧■

危険なマイダーリン♡／書き下ろし

日向唯稀先生、香住真由先生にお便りを

〒101－0061東京都千代田区三崎町3－6－5原島本店ビル2F

コミックハウス内　第5編集部気付

日向唯稀先生　香住真由先生

編集部へのご意見・ご希望もお待ちしております。

著　者――――――――――日向唯稀

発行人――――――――――野田正修

発行所――――――――株式会社茜新社

〒101-0061　東京都千代田区三崎町3－6－5

原島本店ビル1F

編集　03（3230）1641　販売　03（3222）1977

FAX　03（3222）1985　振替　00170-1-39368

DTP――――――――株式会社公栄社

印刷・製本――――――図書印刷株式会社

Ovis NOVELS作品募集!!

Ovis NOVELSでは、BOY'S LOVE系の小説を募集中！　明るくHな男の子が主人公の小説や、ストーリー重視に挑戦した力作まで、幅広い作品をお待ちしています。優秀な作品は、当社よりOvis NOVELSとして発行致します。またその際、当社規定の印税をお支払い致します。

小説作品応募要項

応募資格／Ovis NOVELS読者を対象とした商業誌未発表のオリジナル小説であれば、プロ・アマその他一切の条件を問いません。
枚数／①300枚から600枚以内。ワープロ原稿可。仕様は20字詰20行とする。②必ずノンブルを記入のこと。③バラバラにならぬよう右上をWクリップなどで束ねること。
書き方／①B5サイズ以上の400字詰書原稿用紙に縦書き。ただし、ワープロ原稿の場合は無地で縦書き。②題名・登場人物・英文字や一般的に読めない漢字は必ずルビをふる。③800字以内であらすじをつける（あらすじはラストまで書く）。④鉛筆書きは不可。手書きの場合は必ず黒のペンかボールペンを使用して下さい。

応募上の注意

作品と同封で、住所・氏名・ペンネーム・年齢・職業または学校名・電話番号・投稿作品のタイトルを記入した用紙と、今までどれくらい作品を書いたことがあるか、他社を含む投稿歴、創作年数と完成させた作品本数を記入した自己PR文を送って下さい。

応募先

〒101―0061　東京都千代田区三崎町3―6―5
原島本店ビル2F　茜新社
コミックハウス内　第5編集部
小説作品募集係

ご応募お待ちしております。